林哲璋童話

童話狗仔隊

增訂新版

林哲璋　著

徐錦成　主編

九子　圖

目錄

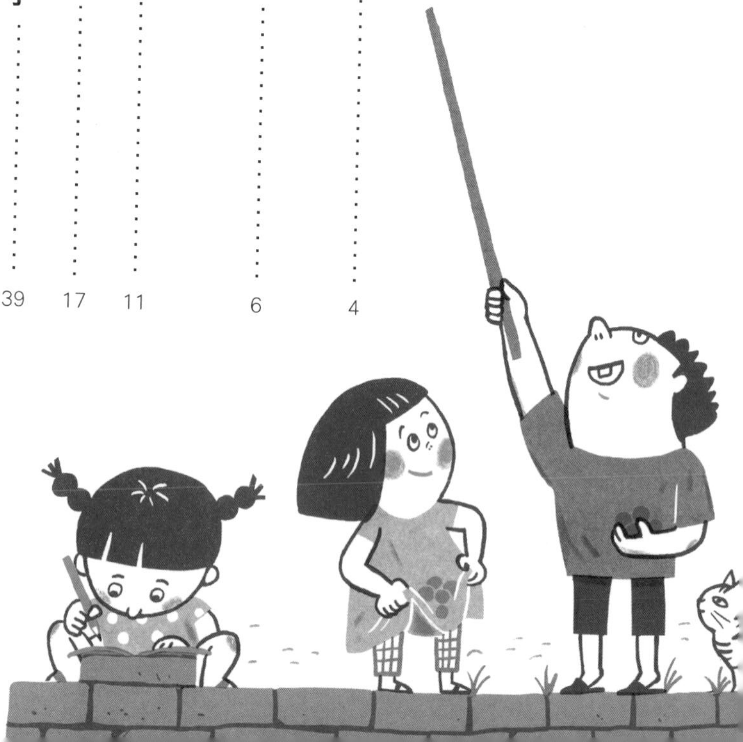

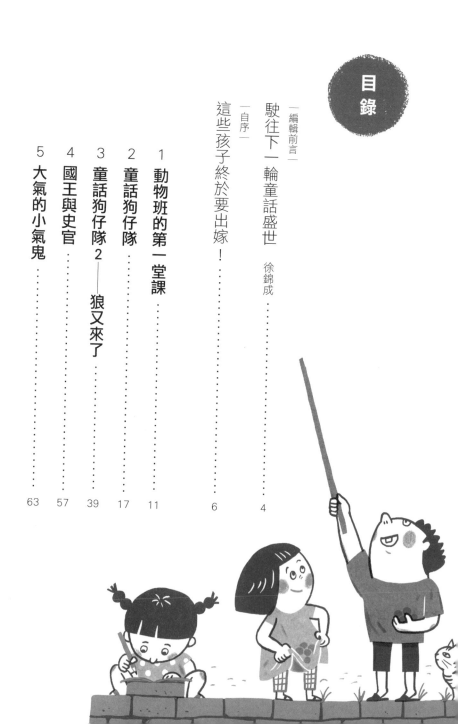

駛往下一輪童話盛世

—編輯前言—

徐錦成

九歌出版社的「童話列車」始發於二〇〇六年六月，第一波推出的兩位經典級作家是司馬中原與管家琪。匆匆數年過去，到二〇一三年七月《月光溫泉：亞平童話》出版時，這號列車已經掛了整整十節車廂。

「童話列車」的編輯原意，本是希望為資深的華文童話作家編選足以彰顯其成就的代表作。在最早的幾冊，從司馬中原、管家琪、黃海、王淑芬、傅林統到林世仁，都確實達成這個目標。但必須承認，編選舊作選集在版權取得上並不容易，有幾位作家因此無緣與這套書系合作。

既然現實狀況如此，我們唯有調整編輯方針。於是，接下來的山鷹、楊隆吉、周姚萍及亞平，已不再是他們的舊作重編，而是全新的創作。而不論舊作或新品，共同的是：入選「童話列車」的作家都已有相當的成就與口碑。且「選集」的精神仍在，我們從這些作家尚未結集的作品中挑選佳作！

今後的出版計畫，仍將以知名作家的新作為主。透過「童話列車」，讀者可看見當代華文童話的最新面貌。

童話，是呼喚童心的文學。不只屬於兒童，也屬於所有童心未泯或想尋回童心的成年人。而童心，在我們這個時代、這個社會，無疑是最珍貴的。

懷著一份童心，列車持續前進，駛往下一輪童話盛世。

—自序—

這些孩子終於要出嫁！

感謝九歌給我這個機會出版我的童話集！

本書收錄的作品幾乎橫跨我整個創作時期，從早期〈喜歡高空彈跳的微笑蜘蛛〉「溫良恭儉讓」風格，到《屁屁超人》之後的「壯『屁』凌雲」搞笑STYLE，時隔約有十多年，中間經歷了臺東大學兒文所求學時期，許多文風的轉換，便是得到了所上師長的啟發和教誨。

記得兒文所新生訓練時，準備卸任所長、接任院長的阿寶老師引用了朱自強教授的話，為「兒童文學」下了一言以蔽之的註解：「兒童文學是『解放兒童，教育成人』的文學！」

直至現在，我還奉為創作童話的圭臬。

從老師那兒聽聞兒童文學的審美內涵是「滑稽美學」，於是我「郢書燕說」的讓一位小朋友放屁飛起來了，從那之後，有如斷線的風箏或汽球，外洩的祕密或臭屁——真的再也回不去啦！

收錄於本書的，有些是得獎的作品，有些是發表於刊物的創作。早期的〈善化的魔法阿嬤〉寫實的描述了神話、童話和現實的奧妙；〈螞蟻城堡的蜘蛛雕像〉接續〈喜歡高空彈跳的微笑蜘蛛〉，探討「雕像」的本質（現在還有人為了雕像存廢吵來吵去，雕像本尊應該會和王爾德的「快樂王子」站在一起搖頭嘆息吧）。

後來的〈童話狗仔隊〉二篇和〈國王與史官〉，嘗試經典童話的後設與改編，從內容進入到形式邏輯的探討：「狼來了」村民應否給放羊的小孩再一次的機會（救羊兼抓狼）？「國王的新衣」為何在遇到小朋友時，它「聰明人才看得見」的魔法，就消失（小朋友看不見，是因為……）？我愛用這兩則童話來KUSO，樂此不疲。它們啟發了我對創作「形式」的探討，進而有了「買櫝還珠」的創作觀——創作形式某方面高於寓意義涵，「文以載道」的重點不是道，而是「載」具。

因為，在兒文所充填了「遊戲性」、「滑稽美學」，加上對形式的追求，我開始了「油條、饅頭亦朋友，豆花、炒麵皆文章」的創作實驗：

〈二手書店的布珂小姐〉是為了二手書店貓店長而寫的故事，〈調皮蛋〉改編自友人小學帶班教學的經驗，〈大氣的小氣鬼〉是來自鬼月主題的邀稿，我擅自加上「能使其推磨」的時事主題。

〈動物班的第一堂課〉、〈風獅爺與砲彈客〉都是主題已訂的寫作，但我仍舊採取形式先於內容的方法，讓選定的主角角色，依其物性自動流出情節……

極端例子的莫過於：〈聲音流浪記〉、〈節日的故事〉，前者的創作目的即在挑戰「聲音」這個看不見、摸不著的抽象角色；而後者企圖證明「趣味」可以完全來自形式（故事的櫝）。

最後，〈翅膀的夢想〉是自己寫給自己——關於創作夢——的鼓勵文；而

〈白目變色龍〉是一篇隱喻了創作理論的童話：
文學——是語言的藝術！
藝術——是智慧的運作！

林哲璋
於二〇一四年三月

動物班的
第一堂課

開學了，森林小學的新生都進了教室。

老師要大家先自我介紹，讓班上的同學認識自己。

小蛇同學先上台：「我叫蛇捲捲，因為我出生時，身體縮得像一捲蚊香。我最喜歡吐舌頭、扮鬼臉，還喜歡用身體捲東西、排數字。」

「我也是！」蜈蚣同學興奮的舉手，他接著小蛇同學上台：「我叫蜈滿足，我也喜歡把身體排成1234567……蛇同學，我們倆一起坐吧！這樣下課時，我們就可以一起排兩位數的數字了。」

「太好了！」蛇捲捲同學高興的說：「我們下課就來玩。」

「其實也不必等到下課，只要老師轉身抄黑板，我們就可以玩。」蜈滿足拍了拍蛇捲捲的肩說。

就這樣，蛇捲捲和蜈滿足才一入學，就交到有共同興趣的好朋友。

「老師、同學大家好！」小猴同學上台介紹自己：「我是猴嘟嘟，我喜歡盪秋千、吊單槓，更喜歡把食物藏在臉頰裡，想吃的時候就偷偷嚼、悄悄吞。我這樣藏食物，食物滿是口水，大家就不敢跟我要求分一口。」

「沒錯、沒錯！好吃的食物吃太慢，一下子就會被吃光光。」小牛同學迅速的衝上台，對著台上的猴嘟嘟和台下的同學自我介紹：「我叫牛大胃，我的胃口大，食量多，愛美食，瘋點心。我有四個胃，可以裝東西。我和猴嘟嘟一樣聰明，我把食物先裝進胃裡，有空再慢慢吐到嘴巴裡嚼，一樣沒人敢來搶東西吃。最重要的是……老師轉身寫黑板時，我們偷偷吃東西，不必找抽屜、翻書包，就不容易被老師發現。」

猴嘟嘟和牛大胃手牽手下台找座位坐。嘴巴還動個不停。

老師無奈的邊搖頭，邊請下一位同學上台。

「大家好，我叫刺多多。」刺蝟同學上台了，他張開前腳（和全身的刺）說：「我喜歡和人擁抱，我希望帶給大家溫暖和希望，我要給我的朋友每天一個大大的擁抱……」

「豪多刺同學，你要不要接著上台？」老師問豪豬同學說：「你就和刺多多同學一起坐，好嗎？」

「我才不要！」豪豬同學向後退了三步說：「我會刺人，可不喜歡被刺……」

「老師，我想和刺多多同學坐一起。」小烏龜同學從殼裡伸出頭來說：「我的殼上有好多青苔，我希望刺多多同學能多多擁抱我一下，幫我刷一刷殼……老師轉身寫東西時，就可以偷偷抱、快快刷。」

小烏龜及其他同學都上台做了自我介紹，也都找到了自己喜歡的「同桌好友」。

最後，輪到老師介紹自己了：「大家好，我是臭鼬女士，這學期是你們的導師。我的屁有點臭，通常我的屁股對著學生時，沒有學生敢搗蛋、惹我生氣，這一點請大家特別注意。」

童話狗仔隊

——揭開灰姑娘的神祕面紗——

世界上有許多童話，只寫到「王子與公主從此過著幸福快樂的日子」就沒下文了……然而，事實真是如此嗎？

身為「童話狗仔隊」，本記者有義務為大眾深入報導童話故事的後續發展，秉持著「打破沙鍋」、「守株待兔」以及「畫蛇添足」、「加油添醋」的精神，為「從前的小朋友」和「未來的成年人」扒出——喔！不！——是「發掘」事實的真相。

各位沒見過我，但一定認識我，我就是那位指著穿「國王的新衣」遊行的遛鳥國王大喊：「國王沒穿衣服」的小神童。從小我就展露了揭發真相、有話直說的大無畏精神，長大後加入狗仔的行列，無論親友或老闆都覺得我是天生要來吃這行飯的……

這次我對總編輯提出的「專案計畫」名為〈揭開灰姑娘的神祕面紗〉，我對於「灰姑娘」故事一直很好奇：因為她嫁給王子，王子會變成國王，而灰姑娘會變成王后，但她卻只留下了「灰姑娘」的名號，不同於其他王妃——例如黛安娜姑娘嫁給王子，便以「黛安娜王妃」聞名後世——這是為什麼呢？

因此，我自告奮勇向總編爭取調查（跟蹤、埋伏）的機會，希望能查出其中不為人知的祕辛，打破王子和公主一定過著幸福快樂日子的迷思。

我向威爾斯先生借來「時光機器」，將時間調到灰姑娘的時代——比美人魚早一些，跟白雪公主差不多年代！

一陣「轟隆」聲停止，我跳下時光機器，正巧趕上王子的舞會，我看到王子和灰姑娘共舞，聽見午夜十二點鐘聲響起，目睹王子對著玻璃鞋發呆嘆息——我趁機跑上前，打開手機照相機，遞上錄音筆。

「王子先生，不好意思，請教一下……」我非常有禮貌的向王子行了個禮，問：「我看那灰姑娘身上穿的是舊款禮服——八成是她母親那年代的衣裳——而且皮膚粗糙、黝黑又長斑，一看就知道平常沒敷面膜、沒打玻尿酸保養……她的髮型『俗擱有力』，絕非出自知名設計師之手，這樣一介村姑，到底哪一點能夠吸引你？」

「這位朋友，請跟我來……」和藹可親的王子露出體諒理解的笑容，搭著我的肩，引導我進入舞會大廳，指著舞池中的人群：「您看！」

放眼望去，舞池中的少女皆是服飾差不多精緻、皮膚差不多白皙、寶石差不多閃亮的公主和千金小姐，就連髮型都像出自同一位設計師的手法……

「我的朋友，您現在明白灰姑娘在舞會上多麼出眾了吧！」王子瞧了瞧玻璃鞋一眼，意猶未盡的說。

我啞口無言，出發前我跟總編報告的副標題是「眼睛被蛤仔肉糊住的王子」——我那時心想，灰姑娘出身貧寒，營養不良，沒有保養，不懂時尚，怎麼可能吸引王子目光，一切應該都是童話家的幻想！現在，我明白了這「物以稀為貴」的道理，但是……這道理卻使我的報導失去了八卦的主題、聳動的結局！

不過，既然人已經來了，豈有空手而回的道理——箭已在弦上，肉已在碗裡——固執的我決定繼續追查下去，更何況我壓根兒不相信王子、公主那套狗屁不通、毫無根據又千篇一律的結局。

我坐上時光機器，再次扭動時間轉盤，準備迅速瀏覽王子和灰姑娘婚後的祕密……

雖然，有些不道德，但我仍然昧著良心偷偷潛入了王子和灰姑娘的新房。

閨房裡沒有香豔刺激的畫面，只有王子愁眉苦臉在床邊對著灰姑娘唉聲嘆氣：「我們成親後，父王決定將王位傳給我……可是，最近城堡的景氣非常差，其他城堡在我們這兒的投資都抽了回去，產業外流，人民失業率飆高——沒失業的都在放無薪假，不但年終獎金沒著落，就連薪水也縮水——在這樣惡劣的環境下，我真不確定自己有沒有能力做好國王的工作……」

「親愛的王子，我明白你的憂慮，但國王的責任與義務是你遲早要面對的事，我會盡力輔助你的……最近景氣不好，我看婚禮就別太鋪張，為城堡省點錢吧！」

王子成為國王後，城堡因為景氣愈來愈糟糕，想不開的人愈來愈多，處處一片愁雲慘霧！

灰姑娘派人調查，發現許多人民因為繳不出稅，生活過不下去，還時常被城堡士兵開罰單，簡直痛不欲生……

「親愛的，我們的稅收都用在什麼地方呢？」灰姑娘問她的王子。

新國王從來沒想過這個問題，他從倉庫裡找出塵封已久的預算法規，拍了拍封面的沙土、蟻窩、蜘蛛絲……

「上頭註明稅收的百分之五十用於支付王后的花費！」王子讀了幾頁後說。

「為什麼『王后』需要用到這麼多國家預算？」灰姑娘難以置信。

國王請來宰相回答：「因為身為王后需要很多名牌包包、衣服、黃金瑪瑙和鑽石珠寶，馬車得鑲金，轎子要嵌銀——否則千金小姐們何必爭先恐後搶著當王后呢？而且，城堡裡地位最高的就屬國王夫婦，稅收不是給國王花，就是給王后花，所以一人一半十分公平……只是國王必須負責支付大臣和士兵的薪水，王后不必罷了！」

「那真是太好了！」灰姑娘拍手大樂：「如果稅收的一半是用在我身上，那麼如果我省下那些花費，不就可以替人民免除一半的賦稅？」

於是，灰姑娘請國王宣布稅賦減半！從此城堡人民不再為了繳不出稅而想不開——許多原本繳不起稅的人民都繳得起了；而原本有能力繳稅的人，則多省下了一筆資金可以幫忙親友繳稅。

灰姑娘城堡的人民順利度過了一個難關。

「然而，繳得起稅只能保障人民不被收稅的士兵刁難，人民的生活還是不好過啊！」灰姑娘來到城堡大街上視察（她沒有特地「微服」出巡，外表就看起來和一般平民沒什麼兩樣），她發現人民吃都吃不飽，穿都穿不暖，大家日子過得比她小時候還可憐！

由於連最基本的糧食——稻米、麥子、地瓜和馬鈴薯——都漲價，人民什麼都吃不起。灰姑娘想起從前，後母常不給她東西吃，幸好她在放牛的時候，認識了許多可以充飢的山菜、野果，她把這些食物介紹給民眾，還派軍隊採了很多回來，分配給行動不便的老人家；另外，灰姑娘在還沒成為王妃之前，被後母強迫到處打工貼補家用，因此學了很多手藝——尤其擅長廢物利用——她在城堡廣場教大家製作各種裝飾品、工藝品，並尋找管道賣給附近城堡，讓自己的人民賺了很多錢，而當賺錢的速度快過了漲價的幅度，漸漸的灰姑娘的人民就買得起生活必需品了！

還有一次，灰姑娘心血來潮親自打掃城堡，竟發現了好幾棟衣物間，裡頭掛滿華麗昂貴的衣服、鞋帽，更有好幾排櫃子裝滿古董、珠寶……

她問國王，國王說：「那些是歷代王后『血拼』來的戰利品。」

「這些東西我用不著……」於是，灰姑娘就把所有的華服和珠寶出售給附近城堡的王妃、公主以及想參加王子舞會的千金小姐們，再用換得的金錢買了許多大衣和棉被送給貧困人家。

這樣一來，灰姑娘城堡的人民個個穿得暖，吃得飽，繳得起稅，也就不再有什麼想不開的事發生了。

灰姑娘城堡的危機

灰姑娘城堡的人民安居樂業，生活愈來愈富足，日子愈過愈舒服！理論上應該不會有什麼「示威遊行」之類的事情發生才是……想不到，就在城堡人民「年平均所得」超過一百斤黃金那年，老百姓自動自發群起包圍皇宮「抗議」，久久不肯退去——

「抗議！我們要求國王加稅！」男性的城堡居民大喊。

「抗議！停止虐待我們王后！」女性的城堡住民大叫。

國王接見了抗議代表：「稅賦減半是本城堡既定政策，為什麼大家要反對呢？」

男性代表拍桌子抗議：「國王，你不加稅，讓皇宮年久失修，外觀斑駁龜裂，內部破舊漏水，親戚朋友來這城堡作客，都笑我們的皇宮比他們的城堡廁所還不稱頭！」

國王：「可是……加稅會造成大家的負擔耶！」

女性代表指著國王的鼻子罵：「拜託！那點小錢，我們根本不放在眼裡！還有，國王，你嘛幫幫忙，你這男人對待妻子未免太小氣了，淨讓她穿些二手便宜貨，還不帶她去作SPA，皮膚一看就知道沒好好保養……住在其他城堡的親戚朋友，生活水準比不過我們，就把灰姑娘王后的穿著和外型拿來消遣……今天如果國王不答應加稅把皇宮裝修得舒適、氣派，並且買幾百樣高級禮服、首飾、化妝品和保養品，好好疼惜我們敬愛的灰姑娘王后……我老實告訴國王你，我們這群人是死也不會離開的！我們要革命！革命！」

國王心裡覺得冤枉——又不是他決定減稅和取消王后福利的！

拗不過抗議民眾的堅持，國王和灰姑娘勉強答應提高稅率，把新徵收的稅款用來裝潢皇宮，加添新穎的設計，擺設公共藝術品……由於這些建設是用人民血汗錢換來的，國王和灰姑娘也宣布開放大部分的皇宮空間，供人民遊憩及招待親友使用！

國王也順應人民的要求，為灰姑娘買了化妝品、禮服和首飾，灰姑娘開始在正式典禮或人民聚會時，盛裝出席，讓城堡人民非常有面子！

然而，不知是哪一座城堡的王后，更不知她是從哪座城堡買來的魔鏡——這位王后天天問魔鏡：「誰是世界上最美麗的王后？」、「誰是世界上最有錢、最時尚的王后？」

也不知她吃錯了什麼藥，有一天，她竟然問魔鏡：「誰是世界上最『偉大』的王后？」結果魔鏡破天荒的沒映出這位王后的臉龐，反而浮現灰姑娘樸實素淨的笑靨！

魔鏡王后非常不服氣，她買來世界上最大顆的鑽石，刻成了「偉大」兩個大字掛在胸前，浩浩蕩蕩的帶了一大堆隨從來到灰姑娘的城堡，企圖要向灰姑娘炫耀、較量！

魔鏡王后來到城門之下，守門的老先生問明來意，皺著眉頭通報了同事，同事告知了街坊鄰居，街坊鄰居聽說有外地的王后想來欺負他們的灰姑娘，二話不說，號召了全體人民集合在城門口及城牆上……

守城門的老先生走到魔鏡王后面前，行了個禮：「您請回吧！我們灰姑娘王后擁有的珍寶，『價值』比您胸前的鑽石高出太多了！而且，數量無法計算！」

「怎麼可能？我這大鑽石全世界獨一無二……」魔鏡王后氣急敗壞。

「我們王后的珍寶多到能分送給城堡人民呢！……不如這樣吧！就用灰姑娘王后送給小老頭的珍寶價值，來和您的大鑽石比一比，若您比不過，也就該知難而退了！」

「好！怎麼個比法？」

「珍寶價值豈容信口開河——空口說白話——『價值』應由它可換得的事物貴重程度決定！」守門老先生摸著他的雪白鬍子，緩緩的對魔鏡王后說：「如果您的鑽石也能換到同樣的東西，就算您贏了！」

「我同意！那麼你說，灰姑娘的珍寶可以換到什麼？」魔鏡王后自信滿滿的問。

「生命！老朽願意用生命報答灰姑娘王后給我的珍寶……」守門老先生走出城門，把頭對準魔鏡王后轎子的尖角：「一知道您的來意，原本我們就該拿起武器合力將您趕走，但恐怕引發二座城堡的戰爭，造成國王和王后的困擾、兩城人民的死傷……然而，若是我一頭撞死在您跟前，用濺出的鮮血驅退您，相信您的國王不會臉皮厚到和一個自盡的可憐人計較吧……！」

「我們大家都一樣！」城牆上的人民同仇敵愾：「……願意為灰姑娘而死！」

魔鏡王后氣死了，她才不相信她的偉大鑽石換不到同樣價值……

她告訴轎夫：只要他當場自殺，她願意把那顆全世界最大的鑽石送給他！

「神經病！命都沒了，我要鑽石做什麼？」轎夫對魔鏡王后吐了一坨口水，飛也似的逃走了。

魔鏡王后接連問了馬夫、侍衛和婢女，直到全部的隨從都逃光了，仍然找不到願意用生命交換大鑽石的人——就算魔鏡王后另外加碼了一千顆「只比她胸前鑽石少一克拉」的鑽石，依然乏人問津。

「既然，您的寶貝換不了半條命……現在，我就為您展現灰姑娘王后珍寶的價值……」守城門的老先生一頭往轎子撞去，企圖把自己的鮮血濺灑在魔鏡王后身上！

魔鏡王后嚇死了，連人帶轎往後退了一大步。

老先生一擊沒成功，還想再撞一次……魔鏡王后卻嚇得跳出轎子，還勾破了裙子、扯掉了假睫毛、弄糊了大濃妝，狼狽不堪的逃走了——因為高跟鞋太高、鑽石太重，一路上她還跌跤了好幾次。

事件過後，大家稱呼老先生為「城堡的英雄」、「灰姑娘的騎士」！

老先生喘著氣說：「若不是灰姑娘王后，我早在好幾年前就餓死、凍死了，甚至妻子、兒、孫都不能倖免……今天有機會用我這風燭殘年的老命報答灰姑娘，我還覺得占了便宜呢！」

不過，事後灰姑娘聽說了這事，不但不覺得高興，反而有些生氣：「人民的生活幸福是皇家的義務，今天竟然讓人民為了我個人尊嚴這種小事，蒙受生命危險，我實在過意不去……幸好，最後平安收場，否則，我就愧對『王后』這項職務賦予我的神聖使命了！希望各位鄉親下不為例……」

灰姑娘王后「沒有值錢珠寶，卻能換來無限價值」的故事轟動了全世界……但她仍舊一身樸素的灰衣服，實踐著「施比受更有福」的生活！

而生活愈來愈富裕的城堡人民，在每天忙著抗議「國王對王后不夠好」激情氣氛下，過著幸福美滿的日子……

人們能建築高壩阻擋水流，但自古以來沒有任何壩牆能止住時間之流！灰姑娘因為年輕時沒有打好營養基礎，一生又憂心勞累，故而無福長壽……

她比國王先一步離開了這世界——只帶走她對子民以及子民對她的「不捨」。

城堡人民悲痛了好久、好久……他們決定尊稱她、流傳她為「灰姑娘」，而不叫她某某王后，因為每座城堡都有王妃、王后，但一生勞碌的「灰姑娘」只存在於這個受神眷顧的王國！

最傷心的莫過於城堡國王——灰姑娘的王子——他天天走在灰姑娘設計的皇宮花園裡，撫摸著人民要求他買給灰姑娘的衣服首飾，面對著灰姑娘最關心的城堡人民百姓，一切的人、事、物都令他想起曾經一齊打拼、克服困苦的伴侶。他總是吟詠著中國詩人的詩句：「貧賤夫妻百事哀」——曾經同甘共苦、克服惡劣環境的夫妻，一旦生死兩隔，身邊所有事物都能令人觸景傷情！

—真相—

灰姑娘一生的觀察結束，我搭時光機器回到總部，含著淚，打好稿，前去向總編報告。他看完面紅耳赤、既驚又氣的問我：「沒有家暴？沒有外遇？沒有離婚？沒有打監護權官司嗎？」

我搖了搖頭……

「這東西怎麼刊登呀！更何況連你自己都無法判斷灰姑娘到底算不算過著『幸福快樂』的日子……」總編把我的報導丟在地上：「採訪的花費一概自付，這幾天出差的日子就扣你的特休假！」

（看來，我只能想辦法把〈灰姑娘傳〉投到正派一點的刊物了……）

接著，我從預備「放無薪假」的名單中移出，進到了「裁員」的黑名單裡，天天過著提心弔膽的日子。直到，一封黑函改變了我的命運……

因為那封黑函，總編找我去問話：「小子，你老實說，你履歷上『揭發國王裸體』的經歷是不是造假的？」

晴天霹靂！糟糕，我隱藏了數十年的祕密……這事只有遛鳥國王和我二人知道而已呀！

「總編……您怎麼知道的……？」我猜，紙已包不住火。

總編把一封信丟在辦公桌上：「你自己看，這是遛鳥國王請威爾斯先生轉交給我的……信上說，小朋友愈來愈不好騙了，因此，你已經失去了利用價值，他決定抖出你的祕密……」

「可惡！這混蛋……」

「遛鳥國王說：遊行當時，根本沒有那位說出真相的小孩——我就說嘛，國王連自己都不信，小孩的話他哪裡會聽！」總編看著信紙說：「國王一共遊行了二百多次才發現上當……事後，他怕自己遺臭萬年，就找你配合，在結局捏造了一位小孩——就是你——企圖轉移焦點，使讀者忽略大人的愚昧，轉而教訓小朋友要『誠實』……結果國王的糗事，變成小朋友品格教育的教材，大家還感激國王的犧牲呢！」

我明白自己可能觸犯了詐欺罪，趕緊跪下：「總編，您行行好，您炒我魷魚沒關係……但千萬不要把我送交法辦呀！」

總編面露狐疑：「我為什麼要炒你魷魚？你是我們求之不得的人才呀！你履歷中強調的『揭發真相』天分，對我一點吸引力都沒有！但你小小年紀就能和遛鳥國王合作——模糊焦點、炒作新聞、發明真相——這可不是普通人做得到的，你真可說是萬中選一的奇才呢！」

就這樣，我從「裁員」名單中除名，連升三級！也因此，各位才有機會看我發掘童話故事的真相，撕開神話人物的偽裝！

——本文獲二〇〇九年吳濁流文藝獎兒童文學類佳作

童話
狗仔隊2
——狼又來了

再一次出發

上次我報導了「灰姑娘是否從此過著幸福快樂的日子」專題，得到了總編輯「勉為其難」的讚賞，暫時保住了工作。因此，我再接再厲，絞盡腦汁，想出了一個「前無古人，後無來者」的企畫案，想為廣大的兒童（未來的成年讀者）再一次深入調查童話角色的下場，揭開民間傳說的真相，發掘不為人知的祕辛。

我借來了時光機器，將時間設定在「狼來了」的時代——為什麼要調查這個寓言故事呢？

表面上的理由冠冕堂皇：「有的版本說：小牧童被大野狼嚇壞了，從此改過自新；有的版本說：大野狼吞了小牧童；還有版本說：小牧童失蹤了……對於注重兒童福利的現代人而言，身為記者的我有義務將真相調查個水落石出，好將故事中壞人（狼）的惡行公諸於世……」

然而，事實上，我是受了同事之託，想利用這個專題讓「答應出資辦員工旅遊，卻黃牛好幾次」的總編輯，能心生警惕，不再當個「放羊的小孩」，亂開什麼「狼來了」的福利支票。

坐上了時光機，帶上了翻譯機，我「咻」的一聲，來到了伊索老先生的古代小村莊。一落地，就看到一群村民，咬牙切齒的從山上下來，一邊走一邊痛罵山上的小牧童。

「已經騙我們第二次了，這兔崽子，竟敢戲弄我們！」

「伊索老先生，您快來評評理……」一位大嬸拉了一位年長的老先生，把詳細經過告訴了他。

原來，小牧童在山上放牧覺得無聊，

竟然惡作劇——朝著山下村莊大喊：「狼來了！」——害村裡的大人拿著鋤頭、背著耙子，七手八腳、慌慌張張、氣喘噓噓的衝上山去，準備對付狼群。結果卻只見小牧童幸災樂禍、拍手大笑，譏諷大人真是好騙！

「我老公年紀大了，跑這兩趟，差點就心臟病發……」大嬸氣呼呼的說。

剛進村的伊索老先生還沒搞清楚怎麼一回事，山上又傳來了小牧童驚慌的呼救聲：「狼來了！這次狼真的來了！」

「鬼才信你！」這次任憑他喊破喉嚨，村裡再也沒人想去援救他。

過了好幾個鐘頭，樵夫們從山上帶來消息——狼真的來了——他們把嚇得臉色發白的小牧童帶下山，而羊群早已被吃得一隻不剩。

「他是罪有應得！」村裡大嬸火冒三丈的說：「誰教他惡作劇戲弄大人，所謂『事不過三』，騙一、兩次也就算了，竟敢騙第三次……真是老天有眼，讓這頑皮鬼真遇到狼，受點教訓。」

大嬸的咆哮聲、大叔的抱怨聲，顯然伊索老先生根本都沒聽進去。只見他拍手叫好，喃喃的說：「太好了，我正愁沒故事可以說給國王聽呢！」

一只能騙一次一

我好奇國王的反應，搭上時光機器，偷偷跟蹤伊索老先生飛入王宮，在天花板上找個隱密的地方觀察。

「從前，從前，有個放羊的小孩……」伊索老先生講故事時，國王聽得津津有味。

「尊貴的國王，您知道這故事告訴我們什麼道理嗎？」伊索老先生十分期待國王的答案，他熱切的眼中冒出企盼的火花。

「這故事告訴『小朋友』不能說謊——對不對呢？」國王思索了好一會兒說。

「是的！是的！尊貴的您可以如此快速的領略寓意，相信其他的讀者也不會產生疑問……聽了這個故事，您會不會從此下定決心，當一位誠實守信、政見不跳票的好領導人？」

國王聽到自己答對了，先是又驚又喜，不自覺的飄飄然了起來，接著或許是想起了「官大學問大」的道理，便開始糾正別人：「不，不是的！聽了這故事，使我決定：凡是孩子、臣子和人民說謊或犯錯，我只能原諒他們兩次，若再犯，第三次就得讓他們受到報應和懲罰……絕對不能無限次的原諒！」

「這……不……」顯然，國王的反應不是伊索老先生所預期的，但更糟糕的還在後頭——

「感謝你，伊索老先生，原本我還在煩惱孩子愛玩不吃飯呢！每次哄他吃飯，他都說不餓——整天沒吃東西，怎麼會不餓呢？聽了你的故事，我決定，叫他吃飯只叫兩次，如果他又騙說不餓，第三次起，我就不給他東西吃！」

「國王陛下，這……好像不太好……」伊索老先生壓根沒想到國王會有如此說法。

「怎麼會不好？這故事不是要告訴小朋友『不可以說謊犯錯』嗎？」國王突然想起什麼，露出了邪惡的笑容說：「對了，老先生，我記得您未按時繳稅，遲交紀錄已經達到兩次，今年好像又沒有準時交……來人呀！」

伊索老先生被衛兵拖了出去，痛打了幾十大板。他被拖出門口時，一直大喊：「國王陛下，是您自己承諾：即位後，會恩准百姓遲交的呀……您怎麼食言而肥呢？」

「遲交？也只能遲兩次呀！」國王捻著鬍鬚，奸笑著回答。

由於我不便出面干預太多歷史，沒辦法出手營救可憐的伊索老先生，只能等到行刑完畢，在伊索老先生屁股疼得走不了路時，用時光機器順路載他一程。

想不到，伊索老先生見了我駕駛的新奇機器，竟然童心大發，忘記了屁股上的疼痛，玩起了機器上的按鈕，他東摸西摸，不小心觸碰到時間設定鈕。

「哇！」機器突然被啟動，設定早已被弄亂，原本處在古老歐洲的我們，不小心進入了另一個歷史時空。

一不笑的妃子一

「敵人打過來了！敵人打過來了！」時光機器停止，我一從時光機器下來，就聽到有人扯開喉嚨大聲嘶吼。

「怎麼了？發生了什麼事？」幸好我的翻譯機功能齊全，遇上了這群古裝打扮的軍隊，輕易就問出了他們正準備向不遠處的王宮前進。

我還來不及向伊索老先生解釋，思緒又被快馬加鞭趕來報信的士兵吸引。

「報告將軍，」士兵說：「前方諸侯傳來消息，天子點燃烽火台是開玩笑的，純粹為了讓他的妃子開心，才設計戲弄諸侯……根本沒有敵人來犯。」

救援的隊伍議論紛紛，領頭的將領嘆了口氣，下令軍隊調頭。

「幽王三戲烽火台」這事，我在中國歷史上讀過，我把發生的事翻譯給伊索老先生聽，他露出驚訝的表情說：「這兒國王做的蠢事，和我們那裡的國王有點像……」

隊伍沒走幾公里，又有探子來報，說王宮的烽火台又冒煙了。帶兵的諸侯將軍急忙下令全軍轉向，再次往烽煙方向前進。

我和伊索老先生坐時光機器跟著，只見各路諸侯的軍隊，三步併兩步，衝往王宮所在。宮殿前的廣場，早已擠滿了四處趕來的諸侯兵馬。

只見，王宮高高的閱兵台上，腦滿腸肥的周天子，摟著一位搗著下巴、眉頭深鎖的妃子，他倆正指著廣場上面面相覷的軍士官們，大聲譏笑。周天子見妃子原本嘟著、能吊起三斤豬肉的嘴，終於彎出了一抹笑容，龍心大悅，吩咐諸侯軍隊再一次解散，且令點烽火的哨兵再次就位。

TIME

諸侯們奉旨離開了，但還沒走出都城大門，老把戲又出現了！烽火狼煙再次升起，諸侯們你看我，我看你，最後異口同聲的說：「被騙只能騙兩次……算了，別理他！」說完，各自領軍，背向皇宮，頭也不回的奔往自己的封地。

「這兒諸侯的反應似曾相識！」伊索老先生有感而發：「我們那兒也流行只能被騙兩次！」

我和伊索老先生目送諸侯各自回家，嘆了口氣，正準備專心調校時光機器。「別走哇！」一位頭髮比伊索還白的老先生，追著諸侯兵馬，不停呼喚著。

「老人家，別追了！」伊索老先生好心的請我勸老人家：「就連小村莊的平民百姓，頂多只會被騙兩次，更何況那些諸侯，您別追了，您的國王是罪有應得，誰叫他愛耍弄人，讓他嘗嘗家破人亡的苦果吧！」

我從歷史課本裡老早讀過周幽王為了褒姒一笑，三戲烽火台，把國家也給賠上，從此西周結束，進入東周的春秋、戰國……

「我一點兒都不在乎蠢天子的死活，他貪好女色，不尊重諸侯臣民，自然應該受報應，只是……只是……」

——**羊是誰家的**——

「只是什麼？」伊索老先生露出不解的表情。

「敵人攻進來……又不是只欺負國王，他們會先欺負老百姓！我追著要請諸侯留下來，不是要他們救國王，而是乞求他們留下來保護我們老百姓呀！」

「唉呀！」伊索老先生聞言驚叫了一聲，他用力敲著頭說：「糟了、糟了，我怎麼沒想到！」

「什麼事？」我被伊索老先生的舉止嚇了一跳。

「快！快用你的時光機器帶我回去見國王。」

「為……為什麼這麼急？」我本想留下來看好戲，然而，看伊索老先生焦急的模樣，似乎真有天大地大、萬分緊急的事得趕回去處理。

我不敢細問，只得駕著時光機器，調好時間，回到伊索老先生的年代，並依其要求，直接就將時光機器開進了王宮。

「國王，國王！」伊索老先生衝向朝廷，上氣不接下氣的呼喊著：「錯了！錯了！」

「什麼事錯了？為何這麼慌張？」

「國王，上次……上次我向您說的故事，那故事的義涵大錯特錯……〈狼來了〉的故事，是教小朋友不要說謊；但要帶給大人的寓意，卻完全不一樣！」

「有什麼不同？大人小孩一樣都是人，都愛聽故事呀！」國王覺得奇怪。

「因為到中國旅行了一趟，讓我突然領悟了……」伊索老先生看了我一眼說：「親愛的國王，您知道〈狼來了〉的故事裡，小牧童放牧的羊群是誰家的嗎？」

「不是牧童自己的嗎？」國王抓了抓頭回答。

「家裡有羊群的小朋友哪裡需要自己放羊！」伊索老先生說：「小牧童是窮人家的小孩，幫村民牧羊維生，因為羊群是村民的，所以村民才會上山幫忙趕狼……我剛剛才想起，小牧童放牧的羊兒裡，有好幾隻是我的耶……」

「那……狼來時候，你們應該去救啊！」國王吃驚的說：「既然，羊是你們村民的，不管小牧童喊幾次『狼來了』，你們都應該去救——因為，羊群被狼吃，不只牧童遭殃，你們也有損失……」

「是呀！是呀！」伊索老先生紅著臉說：「這就是我急著趕來見您的原因！」

「唉呀！」國王恍然大悟，從椅子上彈起：「快！快！快去看王子怎麼了！」

奉行「只能騙兩次」哲學的國王，竟好幾餐沒給他兒子飯吃，王子差點餓死啦！

「快！快！快派救兵！」國王又接著大叫。

原來，前線的將軍派人回來搬救兵，請了好幾次；前兩次，國王派了救兵，還沒到前線，敵人早已退去。國王以為前線的將軍騙他、要他，第三次就不再派兵了。殊不知這是敵人設下的計謀，意圖使國王不再相信自己的將軍……

幸好，伊索老先生讓國王及時覺醒，挽救了國家……

就這樣，橫跨了歐亞、穿越了古今、折騰了好久，終於，我完成了調查。

坐時光機器回來時，我還繞去了解一下「褒姒喜歡撕綢布聲」的原因……

「我牙齒不好，常牙疼，醫生叫我每天使用牙線……」褒姒很無奈的說：「我拆了兩塊綢布，做了些牙線，正開心以後可以保持口腔健康。誰知大王以為我愛聽撕布的聲音，就叫人一直猛撕……起初撕那兩塊布我『笑』是因為有牙線可用，覺得開心；後來，卻因為『我的老公不了解我』而無奈的苦『笑』。」

我超慶幸生活在現代社會，要牙線到百貨店買就有了。

回到家，我趕好報告，交給總編輯。總編輯見了我的結論拍手叫好：「原來不是只能騙兩次，那麼關於員工旅遊，我就可以一直騙下去囉！」

我臉上露出三條線，不知該哭該笑。到了辦公室，同事醞釀要罷工抗議。經過此次「調查」而增長了智慧的我，勸他們：「罷工行動受損失的是我們心愛的雜誌和訂戶，為了我們嘔心瀝血的報導作品和廣大支持的讀者群眾，還是忍一忍吧！」

「難道，就這樣放過愛吹牛又愛黃牛的總編輯？」同事們仍舊忿恨不平。

「你們知道小牧童最後的下場嗎？」我用這次查訪的經歷安慰他們：「伊索老先生告訴我，小牧童後來被村長炒了魷魚，丟了一份錢多事少離家近的工作啦！」

國王與史官

面對撰寫史書的官員來訪，國王再次回憶這段痛苦往事：

我最大的興趣是親身參與流行時尚，我不擔心王國的士兵足不足、百姓的食物夠不夠，我只煩惱衣櫥裡永遠缺少的「那一件」能不能補齊。

有一天，兩個裁縫來到我的宮廷，號稱能織出神奇衣裳——不但美麗，還具備實用魔法：「傻瓜」和「不稱職的人」都看不見它。

還有什麼好考慮的！我趕緊命令他們織一件當作我的收藏，先別說衣服的時尚美感，光憑能用它測試臣民「稱不稱職、笨不笨」這一點，就十分值得。

於是，我給了這對裁縫十分可觀的預算額度……當然，我也不是傻瓜，我得試試他們說的是真是假？本來我想自己去查，又怕萬一看不見衣服，無法確認是裁縫騙我，還是我真的智商不足、不適合當國王（午夜夢迴時，我偶爾會懷疑）……於是我派了做事最忠心、公認最睿智的老部長先去查看；為了保險起見，還派了另一位大臣前往確認。他們兩位看了裁縫的手藝，都回報：「美得不能再美，看了還想再看！」

於是，我放心的率領朝臣一同前去欣賞，剛進裁縫的工作室，我那些臣子們就發瘋似的稱讚不已，說什麼：「此衣只應天上有！」

然而，我擔心的事果然發生了——我自己，看不見那神奇衣裳！

怎麼辦？我當然不能讓臣子發現他們的老闆是笨蛋，更不能讓他們懷疑我不適合當國王，免得他們自告奮勇要「代替」我當。

因此，我只好假裝看得見神奇衣裳，反正衣服穿在我身上，本來就是要別人觀賞、欣賞加讚賞，我自己看不看得到，這一點都不重要。

按照慣例，我穿上新衣去遊行，街上「士農工商」的百姓們早就耳聞神奇衣裳的魔力，也紛紛表示——他們從未見過如此雍容高雅的華服。

我聽了高興，宣布出席任何遊行及群眾聚會時，一律穿這套輕盈無比、華麗

「好了，史官，實情就是這麼一回事！」國王說。

「陛下，這不怎麼光采……」史官想了一下說：「奴才建議虛構、杜撰一位小孩來戳破事實。如此一來，後人會記住小孩他的誠實，忘記陛下您的錯誤，轉移焦點，淡化汙點！」

國王望著史官，不發一語。他卻還滔滔不絕講著什麼「父母師長會感謝我提供『誠實』教育的好教材」之類的話。

終於，國王忍不住了，下令士兵將史官拖出去打屁股，在他的「饒命」聲中，國王責備他：「你不忠實記錄歷史也就算了，竟然還提出愚蠢建議……你想想，我裸體遊行是信賴老部長忠心、大臣聰明、國人異口同聲，並對自己的『才智及是否稱職』有些心虛，嚴格說來，還有一絲絲的情有可原；但你這『事後諸葛馬後炮』的建議，將使我變成不信任臣民的不稱職國王！而你虛構的小孩子，並無證據顯示他『既稱職又聰明』，你竟要寫我無條件相信——我有這麼笨嗎？」

史官邊哀嚎邊狡辯：

「大……大家會以為你早有懷疑，聽了小孩的話才醒悟……哎唷！」

「沒有神奇衣裳，我也能確定史官你又笨又不稱職……」國王氣得吹鬍子瞪眼：「大權在握的我心中有懷疑，竟不暫停遊行，還大剌剌的裸體出門，這豈不是更加證實我笨到極點、極不適任？你這傢伙，是敵國派來的間諜嗎？士兵們，打用力一點！」

——原載二〇一〇年八月十日《國語日報・兒童文藝》

大氣的小氣鬼
宵

「『小氣鬼』！你真的很小氣！」連牛頭伯伯、馬面叔叔都忍不住這麼說。

　　黑漆漆的陰曹地府裡，負責服務大家的「小

鬼頭」（小鬼的頭頭），最近被取了「小氣鬼」的綽號。

年紀輕輕的小鬼頭對這個綽號很感冒，除了「鬼」字他沒意見外，「小氣」兩字他是萬萬不肯接受的……

「連點心也不肯多給我們一份！又不要你出錢……」牛頭伯伯說：「我們老闆『閻羅王』先生說這些可以報公帳，是我們的福利耶！」

「是呀！」馬面叔叔附和：「每天忙著折磨那些在陽世貪汙做壞事、詐騙欺負人的吸血鬼、黑心鬼、缺德鬼，累都累慘了，體力消耗那麼大，還不多給我們一點

宵夜吃，實在說不過去啦！」

「牛頭伯伯、馬面叔叔，我才不是小氣……」小氣鬼委屈的說：「我是為您們好！被您們折磨的壞鬼都在您倆背後說：『牛頭大人愈來愈胖，不像地上的黃牛、水牛，反而肥得像大洋裡的海牛；馬面大人也一樣，不像千里馬，也不像海馬，倒是愈來愈像河馬！』」

「什麼？」牛頭和馬面齊聲咒罵：「那些生前胡搞瞎混，死後胡說八道的爛鬼，自身都難保了，還敢說我們的是非，等一下非得好好修理他們不可。」

「兩位叔叔伯伯……」小氣鬼搖搖頭，嘆了口氣說：「牢裡的鬼生前淨做壞事，光說謊話——可是，這次他們說的是肺腑之言，你們可沒理由找人家的碴！」

「什麼？」牛頭和馬面大驚：「連你都站在作惡多端的臭鬼那邊？」

「他們是罪有應得……」小氣鬼客觀分析：「但對您們的說法是查有實

據……請兩位摸摸自己的肚子，那已經不是鮪魚肚、啤酒肚，簡直是身懷六甲、大腹便便的懷孕大肚！」

牛頭和馬面互看了一眼，再低頭看看自己的肚子，覺得有點不好意思。不過，還是拉不下臉，便對小氣鬼揮了揮手說：「好啦！不吃就不吃！」

「給您們宵夜，讓您們享受，使您們誇我，這事簡單；但為了兩位的健康，我非得斤斤計較卡路里，細細注意膽固醇不可！您們也要為自己的健康多節制一點……」小氣鬼把宵夜盤收好，走出牛頭馬面的辦公室。

路過關著惡鬼、勢利鬼……缺德鬼的牢房時，裡頭有隻貪心鬼伸出手來，拉住小氣鬼說：「給我一些宵夜吃，拜託！」

「不行！」小氣鬼嘟嘴巴、皺眉頭說：「你們到這兒受苦受罪，是為了彌補生前的過錯，依規定不能吃宵夜享受！」

「拜託啦！」貪心鬼擦著口水說：「我請家人燒紙錢、化冥紙給你，看你要六千三百萬，還是八千三百萬，都行！你偷偷給我宵夜，神不知、鬼不覺，沒人會知道的！」

「神不知，鬼不覺？」小氣鬼又好氣，又好笑：「我自己就是鬼，第一時間就發覺，怎能說『鬼不覺』呢？」

「不是說『有錢能使鬼推磨』嗎？」貪心鬼在世時年紀大、地位高，不經意就露出驕傲的態度：「你這小鬼怎麼說不通呢？年紀輕輕就這麼小氣！」

「你沒聽過『人小鬼大』這句話嗎？……我是年紀小，在陽間或許地位不如你，但我當鬼的時候，你還只是個為非作歹的人呢！我在地府裡資歷可比你高，地位不比你小！」小氣鬼抬頭挺胸對貪心鬼說：「你乖乖在牢裡懺悔反省，別再想一些旁門左道。」

小氣鬼的行為被閻羅王知道了，大大的嘉許他：「小鬼頭愈來愈有地府模範公務員的樣子，不但替同事著想，還嚴守法紀，不收賄賂……小小年紀，真難得呀！」

「老闆過獎了！」小鬼頭謙虛的說：「生前，我媽媽教過我：做善事要非常大方，能做就做，多多益善；犯錯事得極端小氣，最好半件錯事都不要做——這才是做人的基本道理！雖說人鬼殊途，但應該可以一體適用！」

閻羅王伸出大拇指說：「小氣鬼在該小氣的時候，堅持小氣，將來一定大氣非凡，肯定成大器！」

——原載二〇一二年八月十八日《國語日報‧兒童文藝》

白目
變色龍

—白目龍—

從前有一隻變色龍，他的眼皮是白色的，因此認識他的動物叫他「白目變色龍」，而很熟的朋友都叫他「白目龍」。

白目龍是變色龍，天生能隨環境改變身上的顏色，變色龍家族是最會使用保護色、偽裝得最唯妙唯肖的一群專家——除了家族中最年輕的成員「白目龍」以外。

白目龍會變色，但不一定變出「正確」的顏色……例如，當他躲在青綠色的草叢中時，他不是變成綠色，而是變成紅色花朵一般的火焰顏色，別說蟲子看了遠遠避開，動物們還差點呼喚「大象消防員」趕來用鼻子水管救火呢！

有一次，森林動物舉行告別式——追思剛剛過世的貓頭鷹老爹，大家都穿戴從烏鴉或白鷺鷥那兒借來的黑白色服裝，變色龍家族成員們都想像自己站在一叢白色百合花面前，或者是掉進一個深深的地洞裡，皮膚自然的變成白色、黑色。

白目龍也想和大家一樣，但他無法控制自己的皮膚，在告別式上，他竟然成了煙火的顏色，彷彿穿了件喜氣洋洋的外衣，大家紛紛斜眼瞪他，動物們的眼白部分，看來都比白目龍的眼皮還要白。

還有一次，變色龍家族趁著夜色，全員出動，想在夜晚的樹林中抓一些蟲子準備過冬，但白目龍的身體模仿的不是夜色，卻是豔陽高照的白日，蟲子見樹叢間有閃亮亮的變色龍形狀（還照出了他的同伴），早就逃得不知去向。

就這樣，白目龍在森林裡的處境，可說是慘到了極點，他幾乎沒有朋友，因此只好離家出走。

—食指貓—

白目龍走到了森林邊緣，那兒也是人類城市的邊緣，遇上了一隻在路邊哭泣的野貓。白目龍問他為何這麼傷心，野貓說：「本來人類對我很好，每天餵我吃飯，但今天忽然生氣的對我……我不知我做錯了什麼？」
「你最近做過什麼奇怪的事嗎？」白目龍好心的問。
「我自己也覺得奇怪，本來人類只餵我剩菜剩飯，但今天人類竟然請我吃他的食指和拇指……」
「不可能吧！那很痛耶！」白目龍望著自己的前腳趾說：「若是蜥蜴請你吃一段尾巴，或許我還會相信……人類請你吃手指，他不怕痛嗎？」
「剛開始，我的想法也和你一樣，所以人類伸手指頭過來，我都往後退——不好意思啃——誰知道人類不死心，還一直把手指頭遞過來，意思好像是請我不用客氣……」
「結果呢？」
「後來，我老實不客氣的用力啃下去……」野貓說：「結果，人類痛得大叫，接著就不理我了……」

「人類也真是的，明明是他自己把手指頭送給你吃的……」白目龍說：「不過，你連人類手指都吃，會不會吃我呀！」

「不會啦！」食指貓用頭頂及身體磨蹭著白目龍，說：「你願意聽我說話，分享我的心情，我怎麼會吃你呢！」

—吐舌狗—

白目龍和食指貓談得正高興，想不到來了一隻脖子上戴有項圈的狗兒，他們不約而同的跳開，食指貓身上毛都豎了起來，白目龍想隱藏自己，但他沒有變成自己身後石頭的顏色，身上倒是出現十分醒目的雞骨頭圖樣。

「你們怕什麼？我只吃狗飼料，不會吃你們啦！」狗兒一屁股坐下，吐著舌頭搖尾巴：「看我吐舌頭傻笑，尾巴一直搖，就該知道我沒惡意呀……你們在聊些什麼？」

白目龍和食指貓見吐舌狗沒有威脅，就把剛剛的談話告訴了他，吐舌狗聽了笑說：「人類把手指遞給你吃？不可能吧？他手指上有東西嗎？」

食指貓想都沒想就回答：「有啊！有一顆貓飼料，看起來就像蛋糕上的水果裝飾。」

「依我看，人類只想餵你飼料，並不是請你吃手指頭啦！」吐舌狗吐著舌說：「我吃主人手上的東西時都用舌頭，用牙齒太危險啦！容易傷到對你好的人。」

「舌頭？我哪裡會知道呀！我吃飯都用牙齒咬，我也認為咬手指不太好意思，所以剛開始一直拒絕嘛！」

「要學會善用用舌頭呀！造物者創造舌頭，不只是要你用它來洗臉而已！」吐舌狗講得氣喘噓噓。

「善用舌頭？」白目龍明白食指貓誤解了人類動作，才讓人類誤會他是「恩將仇報」的貓。

白目龍記取了食指貓的教訓，也採用了吐舌狗的建議——善用舌頭。

織網蛛

「我們變色龍家族除了會變色，更有足以媲美青蛙家族的長舌頭呢！」白目龍開心的回到森林裡。

白目龍吹著口哨往家的方向爬去，半路遇見了美麗的蝴蝶。通常白目龍不吃這類美麗的昆蟲，但是他想起食指貓的故事：「見到了蝴蝶，故意裝作沒看到，蝴蝶不會知道自己多麼欣賞她呀……我應該善用舌頭！」

於是，白目龍伸出舌頭和蝴蝶打招呼：「呼……呼爹，泥蒿痳！」

蝴蝶見長舌頭向他逼近，嚇破了膽，不但沒回應白目龍的問候，還像箭一樣的迅速飛走。

「好像吐舌狗說的不太對……」白目龍歪著頭想不出個中道理，在樹上結了網的蜘蛛笑他說：「用舌頭打招呼有什麼用！不如學我把恭維的話都織在蜘蛛網上，這樣蝴蝶看到了，就會迷失在網子裡啦！」

「網子？吐舌頭我行，講到織網，我可就沒把握啦！不過，蜘蛛，你織的網還真漂亮……」白目龍本來想伸出舌頭多說一些讚美的話，卻不小心把蜘蛛黏進嘴裡，吞了下去。

「真……真是不好意思！」白目龍見闖了禍，趕緊跑回家去。

—結繭蠶—

白目龍爬過一棵又一棵的樹，半途，他遇見了一群正吐絲結繭的蠶。

白目龍好奇的問：「你們這是在做什麼？」

「我們想變成蛹再變蛾，所以先吐絲結繭保護自己！」一隻結繭結得只剩下一個小洞的蠶寶寶警戒的說：「你會吃我們嗎？」

「不會啦！我不會吃你們……」為了表示善意，白目龍吐了舌頭表達自己的誠意，但舌頭不小心黏到了蠶繭，幸好蠶繭又大又堅固，白目龍根本吞不下：「哦……你剛剛說這蠶繭是你們的『保護』？我天生有『保護』色，可是不但保護不了我，還常常害我被罵……」

「那我借一些蠶絲給你，讓你包裹在身上，再用你的長舌頭著色，想要什麼顏色、圖案，自己設計，這樣就不必擔心天生的變色能力為你帶來困擾。」

「嗯！聽起來有道理！」白目龍道了謝後，接過了蠶寶寶的禮物，他還蒐集了各種顏色的果子汁液，想到身上需要什麼圖案和顏色時，就用舌頭當畫筆，沾著五顏六色的果汁塗上去。

果然，白目龍出錯的次數愈來愈少，大家越來越能接受他——有時他還幫身上保護色缺漏了的同伴們，補一補「妝」呢！

日子一久，白目龍唯一一件的蠶絲衣因為顏色塗了又洗，洗了又塗，難免破舊、暈色，漸漸不能用了。然而，各種典禮儀式及家族狩獵活動，卻周周都舉行，月月都辦理。

有一次，森林動物們舉行了孔雀頭目的告別式，那天，白目龍的蠶絲衣洗了還沒乾，既不能著色，也不能穿，白目龍只能硬著頭皮出席，可是他身上想像出來的「保護色」還是一身慶祝煙火……

正當白目龍尷尬萬分時，公雞司儀上台詢問有沒有志願者要致詞，白目龍靈機一動，上台講述、頌讚了孔雀頭目「炫爛如花火，璀璨如煙火」的一生，贏得了滿堂采……講到激動處，白目龍還把舌頭向上一伸，吐出七彩果汁，模仿煙火特效！白目龍那一身煙火裝，大家一致覺得十分應景。

「原來吐舌狗說的沒錯，我應該善用我的舌頭，只是他應早早補充、解說：

別式

舌頭原來必須靠智慧操作……」白目龍平常幫自己和同伴著色時，果汁常常沾到額頭，他總是用舌頭擦拭，由於他最常使用墨綠色果汁，久而久之，白目龍的眼皮就染成深綠色的了。經過孔雀頭目告別式那場精采的演出，森林動物不再叫他「白目龍」，改稱他「青眼龍」。

青眼龍也常和同伴去夜間狩獵——他不再倚賴蠶絲衣——當變色龍同伴隱沒在夜色裡，他爬上枝頭，用舌頭掛住「蜷曲著、如燈泡一般發光」的自己。

「快！昆蟲有趨光性，我在半空中，蟲子們不會知道我是變色龍，快！把上次被我吃掉那隻蜘蛛的網子拿來捕蟲，若是不夠，把蠶絲衣拆了用吧！」

在夜裡散發太陽光芒的青眼龍，不再如「白目龍時期」那樣受排擠，反而贏得大家的肯定，他在夜風裡搖曳，不斷的點頭並喃喃自語：「確實應該善用舌頭——用智慧善用舌頭！」

——原載二〇一一年三月二十八～二十九日《國語日報・兒童文藝》

節日的故事

在節日國裡，有一位兒童節，他的爸爸是父親節，媽媽是母親節；而沒有哥哥節、姐姐節、弟弟節或妹妹節的原因是──他家只有他一個小孩。

兒童節最討厭醫師節，因為一見到他，免不了得打針吃藥，兒童節總是掙扎反抗、拳打腳踢，還罵醫師節簡直就是「愚人節」……直到護士節趕來幫忙，一個抓住手腳，一個打針餵藥，才讓兒童節乖乖接受治療。

有一次看病，從藥師節那兒拿了藥之後，父親節和母親節在回家的路上吵了起來，他們彼此推卸責任，質問對方為何沒照顧好「兒童節」！

吵著、吵著，他們開始找藉口、翻舊帳：「你們家都是農民節，我家全是漁民節，從小生活環境不同，所以觀念格格不入……」

最後更驚動了警察節，鬧進警局，他們還吵著要離婚──

「早知道，我就嫁給建築師節、工程師節或商人節，因為年輕不懂事，我才會和你這個窮酸詩人節結婚……」

他們打電話請來了律師節，說要辦離婚手續，律師節問：「那麼兒童節的監護權要歸誰？」

二人爭執不下……律師節和警察節建議不如讓「當事人」自己決定。

兒童節雖然身體不太舒服，仍然記得每次父母吵架，最後「贏家」都是誰，於是他選擇和媽媽組成「婦幼節」。

三人走出警局，兒童節故意指著在街邊「卿卿我我」談戀愛的西洋情人節和七夕情人節問：「爸爸、媽媽，當你們還是青年節的時候，是不是和他們一樣？」

頓時間，父親節和母親節想起了從前的甜蜜回憶……

「如果……你答應我不瞄別的婦女節，我就考慮與你……和好！」母親節拉了拉父親節的衣袖說。

「三八，除了妳，誰能停駐我的眼光……」父親節摟住母親節承諾。

然後，他們抱在一起親親，發誓要永遠恩愛——就算彼此都變成了老人節。

「唉！節日國裡小孩的生活就是這麼刺激……」那一周，教師節翻開兒童節的週記，上頭這麼寫著。

——原載二〇〇九年十二月九日《聯合報・繽紛版》

聲音流浪記

【1】嗚哇哇、哎哎哎

嗚哇哇是一段「哭泣聲」，他剛剛被主人拋棄，正準備開始流浪——因為主人發誓：「我不想再當愛哭鬼了！」嗚哇哇就變成了無主的聲音。

「哎哎哎」是最先流浪的，他原本是一段嘆氣聲，長得像搖頭娃娃，他的命運和嗚哇哇類似：有一天，主人力圖振作，對自己說：「我決定不再垂頭喪氣、唉聲嘆氣……我要一鼓作氣、揚眉吐氣！」

從此，主人變得神氣，哎哎哎就成了鬧街上的遊民。

哎哎哎以過來人身分安慰嗚哇哇：「無論是什麼聲音，總有一天，我們都得離開主人，只是時間早晚快慢而已……別再抱怨了，想想看該如何開始新生活吧！」

嗚哇哇很早以前就跟著主人：「從主人呱呱墜地時起，我就跟著他。主人來到世界上發出的第一個聲音就是我『嗚哇哇』，根本就不是什麼『呱呱』聲。主人又不是青蛙，況且青蛙的小朋友是蝌蚪，不可能一出生就呱呱叫……」

嗚哇哇講述事情時總習慣扯到別的地方去，愈扯愈遠，愈說愈多，愈哭愈久，所以常害他的主人被笑是「愛哭鬼」。

「從前主人比較喜歡我，」嗚哇哇嘆了一口氣說：「人類年紀愈大，哭的機會愈少，哭的時間愈短……長大了的主人變得和我陌生。」

哎哎哎勸著嗚哇哇：「聽說人類小時候都是無憂無慮不嘆氣……主人長大後，開始接受各種測驗、面對無數考試，便常有機會和我混在一起。不過，在一起的時間多，不表示主人比較愛我呀……換個角度想，我們也不能自私的只想要主人陪我們，有時候，為了主人好，我們應該避免一直黏著他。」

「你說的我都知道……」嗚哇哇愁眉苦臉的說：「我當然不能為了自己，就害主人成為一天到晚哭哭啼啼的小朋友。」

「所以囉！」哎哎哎拍拍嗚哇哇的肩膀說：「『人無遠慮，必有近憂』——

早一點認清事實，先思考好問題的解決方法，就不會臨時覺得措手不及！」

「我知道你的意思……」嗚哇哇低下頭說：「我該想想沒有主人的日子，我要怎麼過下去。」

「同是天涯淪落人——我倆同病相憐，更應該彼此照顧！」哎哎哎伸出友誼的手，和嗚哇哇握了握：「我比你早來，知道的事多，我會教給你流浪應該具備的本事。」

「哇——！」嗚哇哇又哭了起來。

哎哎哎嚇了一大跳，趕緊問：「怎麼啦？」

嗚哇哇露出不好意思的表情說：「謝謝你，哎哎哎，我這是喜極而泣啦！」

【2】苦哈哈

哎哎哎、嗚哇哇決定一起定居在噪音多的地方，這樣子就不會引起注意，完美的隱藏自己蹤跡。而聲音有所掩護，就能暢所欲言。否則隨便讓人類聽到自己的聲音——哭聲、嘆氣聲——大驚小怪的人們總誤以為是層出不窮的靈異事件。

「從前，流浪的聲音都躲進深山裡，據說有一次，被唐代詩人王維撞見——幸虧他是學佛的，並沒有被嚇到——寫下了『空山不見人，但聞人語響』的詩句。從那時候起，我們祖先就決定『最危險的地方，就是最安全的地方』！集體搬到城市最熱鬧的區域，利用噪音掩藏自己……」哎哎哎帶嗚哇哇到流浪聲音聚集的場所，為他介紹：「通常被同一個主人遺棄的聲音，都會合力在這兒組織家庭。」

嗚哇哇還沒安頓好，外頭已經有人在喊哎哎哎的名字，哎哎哎出去應門，隨後帶回了一個同伴……一張用苦瓜刻成的笑容。

「這是我們的新同伴，」哎哎哎為嗚哇哇引見：「他是主人新丟棄的『委屈往肚裡吞』的聲音——苦哈哈！」

「大家好，」苦哈哈行了一個禮說：「主人決定往後對於每個謠言都要立即澄清，任何誤解當下馬上辯駁，絕對不再背黑鍋！所以……我就得離開。」

「歡迎你！」嗚哇哇和哎哎哎異口同聲：「沒有了你，主人的生活或許會快樂一點，你就不要太傷心了。」

「聽你們這麼說，我怎麼一點都不覺得安慰！」苦哈哈的苦瓜笑容看起來更苦了：「我好想主人呀！主人小時候曾經因為弟弟玩具沒收好，被誤會，挨了媽媽罵，背了生平第一次黑鍋，那時我就和主人在一起……」

「你想回到主人身邊？是想害主人又得將委屈往肚子裡吞嗎？」嗚哇哇生氣的說：「主人好不容易下定決心——任何事都要為了自己辯護、捍衛自己清白、爭取自己權益、改變自己形象！你又何必硬要待在主人身邊，把自己的快樂，建築在主人的痛苦上呢！」

「我……」身為委屈往肚子裡吞的聲音，苦哈哈知道如何將自己的委屈吞下。

「其實……離開主人，並不表示我們永遠不能和主人見面，」哎哎哎見兩位新成員這麼的激動，便出言安慰：「我們偶爾還是能回去探望主人──畢竟我們住的地方離主人家並不太遠！」

「可是……」原本心情和苦哈哈一樣苦的嗚哇哇，聽到竟然可以回去看主人，心裡又驚又喜，卻又有些懷疑：「主人不要我們，就是想要揮別錯誤，迎接更美好的人生。如果我們常常回去看他，那主人的努力不就前功盡棄了嗎？」

「是……是呀！」剛剛才因為自己被拋棄而傷心不已的苦哈哈，聽到可以回主人家，不但沒有變得快樂，反而因為考慮到主人利益，使得自己的苦瓜笑容苦上加苦。

「我們當然不能干擾主人的生活……」資深流浪聲音──哎哎哎說：「所以，我們只能在主人作夢的時候回去探親！」

【3】隱形賭氣聲、卜通通小鹿

哎哎哎領著兩位新成員，趁著夜色，回到主人家。

主人在暖暖的被窩裡睡得香甜，三個被遺棄的聲音見到他，表情悲喜交集，心裡五味雜陳。

他們一靠近主人，主人就說起夢話——有哎哎哎的嘆息聲、有嗚哇哇的哭泣聲，還有苦哈哈的無奈口氣。

「原來，主人說夢話，是因為被拋棄的聲音回來看他……」苦哈哈恍然大悟。

「可以這麼說……但不完全是！」哎哎哎解釋：「主人說夢話有時是因為關在心裡太久的聲音出來透氣，不完全是我們這些被丟棄的聲音回來找他……」

哎哎哎、嗚哇哇和苦哈哈太想念主人了，尤其是兩位新被遺棄的聲音，他們拉著主人不放，害主人一直說同樣的夢話（無奈的哭泣），驚動了主人媽媽起床來關心，開門來觀察。

「快走！」哎哎哎提醒新來的菜鳥：「別給主人添麻煩……明天媽媽會逼主人去看精神科醫生。」

三位聲音匆忙趕著離開，不小心撞上了一位小鹿形狀的「卜通通」聲，之所以會撞上他，是因為卜通通自己也在到處亂撞。

「你是誰？」哎哎哎摸著腫了個包的頭，指著小鹿問。

「我是主人見到暗戀女生時的心跳聲，」小鹿說：「他決定明天向她告白，不再偷偷摸摸、害害羞羞、緊緊張張的偷瞄著她，希望能正式當好朋友。」

「然後，主人就把你……」苦哈哈感同身受的問。

「是的，沒錯！」四處亂撞的卜通通小鹿說：「主人要我離開，永遠別再回來……」

小鹿話還沒說完，嗚哇哇夾雜著慘叫的哭聲已經傳來：「哇！有鬼呀！」

「什麼有鬼？」哎哎哎嘆了一口氣說：「從來只有人類把我們誤當作是鬼，我們哪有機會自己遇鬼！」

「真的有鬼！」嗚哇哇信誓旦旦：「不信，你們仔細聽。」

「你……們……好……」真的有聲音從哎哎哎和同伴之間傳出，距離非常近，連說話時從嘴巴呼出的熱氣，都能感受得到。

這下子連見多識廣的哎哎哎都嚇得腿軟了，他抱住嗚哇哇、苦哈哈和亂撞的卜通通小鹿，四個流浪的聲音抖成一團，根本分不出誰發出哪個音。

「你……們……別……怕……」那聲音又響起：「我……跟……你……們……一……樣……是被主人……遺棄的……聲音。」

哎哎哎聽清楚了，但仍覺得疑惑：「人類看不見我們聲音人，但我們自己能看見同類，你說你也是主人的聲音，那為何我們看不到你呢？」

「因為……我是……」那聲音說：「『賭氣』的聲音。」

「賭氣？」亂撞的小鹿也覺得新奇。

「是的，」那聲音說：「主人和爸媽賭氣時，一句話都不吭，連個屁都不響……我們聲音人如果發不出聲音，就跟隱形人沒什麼兩樣，所以你們看不見我！」

「那……」苦哈哈問：「主人為什麼不要你呢？」

「主人被前來幫他蓋被的媽媽吵醒，發現媽媽雖然很愛拿他和別人比較，但心裡還是很愛他……」隱形的聲音解釋：「主人剛剛發誓——不再跟爸媽賭氣了！所以，我就得捲鋪蓋走人！」

「原來如此！」哎哎哎恢復冷靜，對大家說：「既然都是自己人，那就沒什麼好害怕的了，相逢自是有緣，讓我們大家聚在一起，互相扶持，共同生活吧！」

說完，一群無主的聲音，手牽手回到了喧囂的鬧街裡，相依相偎，彼此取暖。

【4】嚇嚇嚇、噗噗噗

昨天忙得太晚，一早，大家都賴床；但是，叫門聲卻響起，打擾了這些可憐聲音的清夢……

「請問哎哎哎大哥在這兒嗎？」門口有聲音一直大喊。

哎哎哎揉著惺忪的雙眼，起來應門。門口站了一個聲音，看起來像是飲料被吸光的鋁箔包。

「你好！」那聲音說道：「我是主人受驚嚇時，倒抽一口氣所發出的聲音──嚇嚇嚇！主人今天早上遭朋友捉弄，被譏笑是膽小鬼，所以他剛剛發誓永遠不再理我，叫我滾蛋。」

「是嗎？」哎哎哎頭腦還沒清醒，打著哈欠說：「那……歡迎你加入我們

『流浪聲音之家』，請當自己家裡，不用客氣，一切自理……」

「不是啦！」嚇嚇嚇說：「我急著來找你，是有比找落腳處更重要的事！」

「什麼事？」哎哎哎有點兒清醒了。

「主人氣不過被朋友笑是膽小鬼，又受不了自己只敢偷偷瞄暗戀的女孩，所以在我離開時，他決定跑去告白了……」嚇嚇嚇很委屈的說：「我很關心主人，很想在主人告白時留在他身邊陪他，想不到我竟然先被主人拋棄了……哎哎哎大哥，請你帶我們去看主人的告白結果好不好？」

「流浪聲音之家」的成員都醒了，大家都吵著要去——一半是為了好奇，一半是想要關心。

哎哎哎也很想去，但畢竟他最資深，想得比較周全：「別忘了，沒有深夜為我們清場，也沒有噪音幫我們掩護，我們走在人世間，會產生『眼前不見人，但聞人語響』的現象，被人類當作鬧鬼……這會引起巨大騷動的！」

嚇嚇嚇說：「我知道主人約好見面的地方是商店街，那兒很熱鬧，聲音很吵！」

隱形賭氣聲也說：「放心吧！必要時你們可以躲在我後面，這樣子人類什麼都聽不到……」

既然有了解決方案，自己也很想知道告白結果的哎哎哎就沒理由反對了，他下達命令，整好隊伍，要嚇嚇嚇帶路，請卜通通安靜，便一路朝向主人的方向奔去。

在進電梯前，聲音們趕到了主人身邊，而主人在電梯裡巧遇了前來赴約的女孩。卜通通差點忍不住要跳回主人心裡，幸好被哎哎哎他們一把攔住，隱形賭氣聲趕緊用身體幫大家掩護。

要去的樓層有點高，電梯的行進有點久……

「噗！」密閉的空間內，響起了聲音，瀰漫著臭味。

NO NUKES

哎哎哎發現電梯裡其他乘客都摀著鼻子、斜著眼睛瞪著「外表」看來最有嫌疑的主人……

「可是……剛剛匆匆跑來跟我們打招呼的『噗噗噗』小姐，明明是個女生！」嗚哇哇輕輕的說出屁的來源——電梯裡恰巧只有一位女性。

「幸好，主人趕走了我！」苦哈哈十分安心的說：「他一定會據理力爭、抗議到底，證明不是自己放屁！」

哎哎哎卻說：「等一下……事情恐怕沒有這麼簡單！」

「如果我是那位女生……」隱形的賭氣聲附和：「想跟我約會的主人若是在這時揪出放屁者，我肯定從此賭氣，一輩子不再理他！」

經哎哎哎和隱形賭氣聲這麼一說，大家都明白了主人處境的險峻、面前危機的可怕。

【5】苦哈哈的犯規

正當大家屏息以待，擔心著主人嘴裡會吐出什麼字句時……一陣風從流浪聲音群裡竄出，接著，主人臉上起了變化，嘴形彎了角度，發出了一個哎哎哎他們再熟悉不過的聲音……這聲音就像……就像……

「苦哈哈！」流浪聲音們不約而同吐出這名字，同時，也把自己嚇得半死！

主人的臉就像在苦瓜上刻了一個微笑的圖案，他一邊尷尬的苦笑，一邊向電梯內的其他乘客道歉：「對不起，不好意思！最近腸胃不好，早上又多吃了地瓜……」

苦哈哈被主人趕走，又私自跑回主人身邊，這觸犯了大忌，違背了天條。哎哎大喊了一聲：「糟糕！」本想上前把苦哈哈拖回來，卻被其他同伴阻止……

「我覺得……」卜通通小鹿一臉正經的說：「苦哈哈大哥做得很對！」

其他的流浪者都點頭，但哎哎哎緊張的說：「你們知道後果有多嚴重嗎？先別提我們聲音會受到的報應，就說主人他好了，他好不容易可以擺脫逆來順受、遭人誤會、百口莫辯的生活，現在苦哈哈又回到主人身邊，未來主人還有好日子過嗎？」

「可是，你看……」卜通通小鹿提醒哎哎哎向電梯口望去，他指著和心儀女孩手牽手、甜蜜蜜走出電梯的主人說：「苦哈哈並沒有讓主人生活陷入悲慘，反而找到幸福……」

卜通通小鹿為苦哈哈和主人重逢感到羨慕，也對自己不能如法炮製，感到傷心。

哎哎哎閉上了嘴巴，和大家一起瞧著主人和女孩有說有笑……

「我媽媽說交朋友可以，但是不能荒廢學業，必須彼此勉勵喲！」女孩說。

「嗯！我媽媽也這麼說，真巧！我們好有緣分呵！」主人一直笑著點頭。

流浪聲音躲在隱形賭氣聲的身後，望著他們照顧了好久的主人，看著將來他們只能朝思暮想的主人……雖然，主人對他們很殘忍，但是多年來的感情，讓他們對主人甘心付出，沒有怨言，一心只想讓主人幸福。

主人的快樂，就是他們的欣慰。

告完白，約完會，主人送女孩上公車，自己往另一方向哼著歌，雀躍著步行回家……

「小心啊！」

在熱鬧的大街中，憑空發出了一聲警告。主人聽見時卻已經來不及了……興奮過頭的主人，雖然是在綠燈時通過斑馬線，但因為沉浸在快樂的感覺裡，忘了注意左右有沒有不守規矩、闖紅燈的來車……

哎哎哎他們在現場呼喊主人的最後一刻，是隱身在救護車的「哦咿哦伊」聲裡……

【6】流浪者的命運

嚇傻了的流浪聲音們，彼此扶持、跌跌撞撞的來到了滿是病患的醫院急診室，他們一行還沒到急救區，就遇到了苦哈哈帶著一堆「主人的聲音」哭哭啼啼的走了出來……

「怎麼了？情況如何？」哎哎哎上前抓住苦哈哈問。

「主人……」苦哈哈看起來比從前苦上千萬倍：「主人覺得太痛，他想放棄自己的生命……教我們全部離開……」

哎哎哎臉色慘白，喃喃的說：「不行！絕對不行！」

流浪的同伴上前來扶住哎哎哎，怕他支持不住。哎哎哎不愧是流浪聲音的大哥，他隨即恢復了理智，決定盡全力搶救主人，並得到了同伴的一致支持。

「但……」苦哈哈仍舊苦著臉說：「我們剛剛離開時，聽到醫生說主人已經沒有了心跳聲……」

「卜通通小鹿，你過來……」哎哎哎忍住悲傷，強自鎮定：「主人的性命就拜託你了，現在你無論如何要用盡全力回到主人身邊……」

「可是，這不是違反……」卜通通小鹿愣住了。

「主人的生命最重要，其他的就別管了！」哎哎哎握住卜通通小鹿的手說：「你除了是小鹿亂撞的心跳聲外，也是能讓主人回憶起生命美好，願意為生命奮鬥下去的理由……」

十萬火急！哎哎哎教隱形賭氣聲護送卜通通小鹿進手術房，搶救主人的生命……但賭氣聲又回報了一則壞消息：「主人沒有了呼吸！」

「快！」哎哎哎找來了嚇嚇嚇，搭住他的肩說：「好兄弟，接下來靠我們了……我是主人無奈時吐出的一口氣，你是主人驚嚇時倒抽的一口氣，我倆一呼一吸，合力讓主人活過來吧！」

這兩位被主人遺棄的聲音，以德報怨的奔向主人所在的位置，途中，嚇嚇嚇

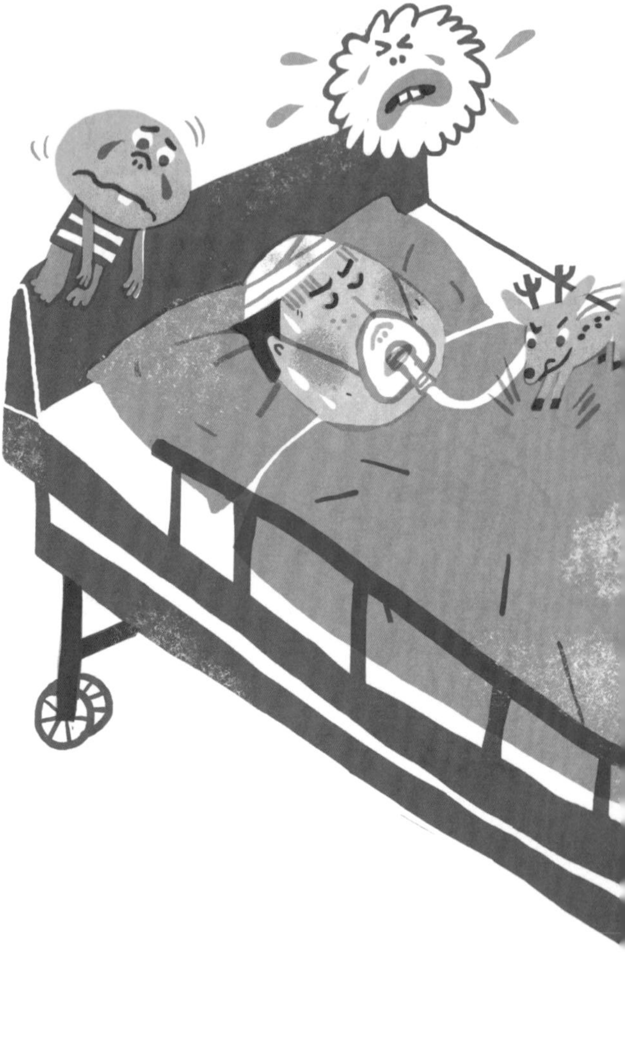

問了哎哎哎：「我並不是怕……但我想問，我們這樣觸犯了聲音的天條，將來會有什麼處罰？」

哎哎哎拍了拍嚇嚇嚇的肩說：「唉……以前，我認為『離開主人，讓主人忘記從前不好的回憶』是為了主人好，經過這段時間、這些事，我才發現，我們這些聲音的存在，並沒有絕對的好壞善惡！是非對錯端看我們出發點為何、目的正不正當呀！一味的阻斷禁絕，不一定對主人比較好！」

「我還是有點兒不明白……」嚇嚇嚇抓著頭說：「應該離開，卻又回到主人身邊的我們，會有什麼下場？」

哎哎哎臉上透露著憐惜，搖著頭說：「我們會被鎖在主人的回憶裡，變成主人反省、領悟的材料工具，並且和主人永不分離……」

——原載二〇一一年十一月《未來少年》第十一期

二手書店的
布珂小姐

銳盯小鎮的二手書店養了隻小貓叫布珂，因為是隻母貓，小鎮居民都叫她「布珂小姐」。二手書店的主人擁有布珂小姐，布珂小姐實際上擁有二手書店——大家可能叫不出二手書店老闆的名字，但沒人不認識布珂小姐。

布珂小姐最大的樂趣就是打掃書架，遇到喜歡的書，她還會用臉頰去碰碰它。每天都會有新來的舊書需要收留——那是二手書店最辛苦的差事——布珂小姐得仔細的將書本分類、整理，布珂小姐總是習慣一邊為書清理打扮，一邊喃喃的說：「如果好好照顧，一定會變得很可愛喲！」

當她說完這句話，髒兮兮的書立刻煥然一新，彷彿是本剛出版的新書。親眼見過布珂小姐在那兒為書縫縫、補補、貼貼、擦擦、抱抱、親親的人，都會認為布珂小姐使用了奇妙的魔法，才能讓每一本人類不要的舊書一經過她的手，馬上變成了人類愛不釋手的珍貴二手書。

書架上的二手書已經完全看不出它們剛來的時候，狀況有多糟糕，損傷得有

冰與火之歌 II
冰與火之歌 I
多肉植物
模仿犯
NO NUKES
★我不是怪咖★
深夜特急
★殭屍來了★
九子作品集
我要牠們活下去！
九歌集一

多嚴重。布珂小姐利用咒語照顧舊書，舊書變得非常可愛，好多人搶著要，有時候還會吵架呢！

布珂小姐那句：「如果好好照顧，一定會變得很可愛喲！」的咒語到底是從哪兒學來的呢？就算是布珂小姐自己，也只模模糊糊的認為，似乎是很小很小——記憶還若有似無——的時候，經由耳朵航行進入腦海裡的……

「無論如何，這真是個神奇的咒語！」布珂小姐心想。

布珂小姐天天在二手書店裡，忙著用她蓬鬆的尾巴清理書架，不讓灰塵有機會落在書本身上。布珂小姐毛絨絨的身體和長長的尾巴，實在太適合管理二手書店啦！

每天她搖著尾巴巡視書架，一走過去，書架上的整排書一下子就變得晶晶亮亮，閃閃動人。有時心血來潮，布珂小姐也會抽出一本書，在收音機傳出的音樂聲中，和書一齊跳支舞（那本書真是太幸運啦），跳完舞，那本書就變成全店最乾淨的書了。

「如果好好照顧，一定會變得很可愛喲！」布珂小姐會隨著音樂的節奏這樣唱著。

總是在清理完所有的二手書之後，布珂小姐才會想起自己也需要洗洗臉——她舔舔腳，擦擦臉，再去輕輕咬一咬主人的後腳跟，暗示主人：「該餵我吃飯了啦！」

吃完早餐，才能稍微休息一下，這時，她喜歡聞一聞餐桌上的花。

為了要照顧書，布珂小姐當然也特別注重自己的整潔——不然，尾巴髒髒再去清理書，不就會弄髒書了嗎？

布珂小姐每個禮拜都會要求主人幫她洗澡。

主人一個人替布珂小姐洗的時候，就常常把她搔得很癢。那天，主人許久不見的朋友來拜訪，順便幫主人一起替布珂小姐洗澡，那就加倍的癢了……

洗著、洗著，主人的朋友說：「就是這隻貓呀！想不到長這麼大了！」

「是呀！都快一年了！」主人說。

「撿到她的時候，她看起來又瘦又乾，病懨懨，毛也快掉光了，想不到妳把她照顧得這麼好！」

「我不是說過了嗎？」主人摸摸了布珂小姐，輕柔的梳著她的毛髮（主人也沒忘記梳梳尾巴）說：「如果好好照顧，一定會變得很可愛喲！」

——原載二〇〇七年五月《行天宮通訊》一三八期

調皮蛋

在全宇宙最出名的牧場裡，有隻年輕、漂亮又有氣質的小母雞。她平日守望相助，樂善好施，最大的嗜好就是幫忙鄰居孵蛋，讓辛苦的雞媽媽們有空逛逛街、吃吃飯、喝喝水、伸伸懶腰或串串門子，不必整天坐在一窩蛋上，把腳都壓得快抽筋。

高雅、多才又多藝的小母雞喜歡學黃鶯兒唱歌，但是她有一個鮮為人知的祕密，就是當她「忍不住」的時候，就會吼出比公雞還雄壯威武的叫聲，連躲在雲後的太陽都被嚇得……馬上現身立正站好！

至於在什麼狀況下，小母雞會「忍不住」呢？

首先，是受了驚嚇，她會忍不住大叫；另外，怕癢的小母雞被搔了癢時，一樣會大喊：「咕——咕——咕！」

不幸的是……「蛋」都是調皮的！

小母雞新幫忙孵的一窩蛋中，有幾顆比較「早熟」，雖然可以破蛋了，卻仍然躲在蛋殼裡，只偷偷打了個翅膀尖端可以伸出的小洞，趁小母雞來孵蛋時，冷不防伸出去惡作劇。

小母雞原本哼著優美的黃鶯歌曲，被這突然的「驚嚇」及「撓癢癢」雙重刺激，竟吼出了史無前例的「咕……咕……咕」聲！

這一吼，嚇壞了牧場裡的雞媽媽們——

「是不是黃鼠狼來了？」

「聽這音量，來的恐怕是一群老虎！」

雞媽媽們連忙趕回雞窩一看，只見清純、文靜又優雅的小母雞，雙腳抬在頭上，用翅膀倒立，在雞窩旁交互跳著，嘴巴不停尖叫：「嘰咕……嘰咕……嘰哩咕嚕！」

雞媽媽們說原本亭亭玉立的小母雞，現在看起來，像站在屋頂上，風一來就轉個不停的「風雞」！

小母雞傷心極了，因為前幾天，她才因為常常幫忙孵蛋，獲准參加「牧場媽媽」選美比賽，現在傳出了對她形象不利的消息，小母雞擔心原本勝券在握的后冠可能不保，整天以淚洗面。

調皮蛋們雖然調皮，不過，他們都不是壞孩子。在闖了禍被媽媽們「糾」出蛋殼外後，黃澄澄、毛絨絨的他們一直想跟苗條、溫柔又清秀的小母雞道歉，但是小母雞眼淚流個不停，讓他們好尷尬，覺得說「對不起」雖然很正確，但卻沒什麼誠意。

幸好，天生調皮通常代表有天才的創意，調皮蛋們決定將功贖罪，全力幫助甜美、可愛又亮麗的小母雞……

「牧場媽媽」選拔那天，壓軸的「晚禮服」走秀上場了，高雅、大方又貴氣的小母雞穿著一身皮草大衣，在月光的照耀下，散發出金色的光芒，把所有觀眾的目光牢牢吸引，讚嘆聲不絕於耳！

「天哪！小母雞彷彿披著人類愛穿的貂皮大衣，但全身上下沒有透露出殘忍殺生的氣息，反而讓人感到交織著『愛和包容』……」台下有裁判下了這樣的評語。

的確，一群調皮蛋們緊緊抱著他們最喜歡的褓母——美麗、善良又慈祥的小母雞——拼成了一件金黃色大禮服，那是牧場有史以來出現過最美麗的服裝！

喜悅、興奮又感動的小母雞沒有得到滿分，但依然榮獲第一名，調皮蛋們都為她感到高興。

事後，調皮蛋們為從前的惡作劇，正式道歉，他們寫了一張卡片……想不到卻讓小母雞尖叫出破紀錄的：「嘰咕……嘰咕……嘰哩咕嚕！」

因為，調皮蛋們踩到了牧場動物最忌諱的地雷——卡片開頭這樣寫著：

「『秀色可餐』的小母雞小姐，我們衷心……」

——原載二〇〇九年二月二十八日《國語日報．兒童文藝》

風獅爺與砲彈客
貢
帥

──有苦難言的風獅爺──

「風獅爺，求求您，別讓帶有輻射塵的北風吹來島上……」一位看起來像是小學生的兒童，跪在風獅爺的神像前低頭祈禱著。

自古以來，風獅爺忠心而認真的執行著祂的業務──管制風量，指揮風向。然而，風獅爺神通再怎麼廣大，法力再怎麼無邊，都難以追趕上人類製造麻煩的能力。

例如，幾十年前，風獅爺擋不住帶來砲彈客的西風，保護不了祂的虔誠信徒，連自己的金身、陶偶、塑像都不知被炸毀多少……人家是「泥菩薩過江──自身難保」，祂是「風獅爺擋砲──灰飛煙滅」。神像毀壞殆盡事小，被信徒懷疑不靈事大！風獅爺怎麼想都想不到，有一天，代表祂、象徵祂且歷史悠久的神偶竟不再受到膜拜，反而淪落到被人當作古董販賣，真是糗到了家。

「人們怎能怪我見死不救！我主管的業務是『風』，那火燙燙、硬邦邦的砲彈，就算是玉皇大帝來擋也擋不住……」自從砲彈來襲事件發生後，風獅爺便養成了喃喃自語、怨天尤人的習慣：「教海龍王去擋『魚雷』看看……還不是只能杵在龍宮裡生悶氣，弄得海底火山一一爆發！」

搞砸了自己保家衛民的基本任務，造成了信徒生命財產的巨大損失。雖說當時如果沒有風獅爺勉強抵擋，說不定死傷會更加慘不忍睹。但天庭考績的規定就是規定——大家都說：數字會說話、成敗論英雄！

風獅爺從那次被記了申誡，信眾便已不再奢望祂會有什麼力挽狂瀾的作為。頂多是提供塑像讓人拍照、帶動觀光活動氣氛、自吹自擂在地特色。連最私密的第三點部位（代號：葫蘆），都不時被淘氣的遊客騷擾，縱使萬般委屈、真不願意，也只能強顏歡笑、保持呆立。

「鏽死你們！」風獅爺情緒唯一的出口，就是找來被祂俘虜的砲彈客們出一口氣——風獅爺當初在空中攔不住這些飛行力比旋風快、破壞力比颱風大的砲彈客；但砲彈客一旦落了地，動彈不得，那可就逃不出風獅爺的手掌心。當時，風獅爺逮住了一大堆害祂出糗的砲彈客，判他們「一輩子」生鏽之刑，處罰他們在島上好好反省自己造下的罪孽。

「做得好，關得對！」掌管農田、土地、房舍的土地公也幫忙抓來不少砲彈客。在戰爭期間不知有多少風獅爺、土地公的分身被砲彈客破壞，也不知有多少信徒的生命、財產毀於一旦，這些砲彈客罪不可赦！

—改過自新的砲彈客—

然而，在戰爭結束之後，島上觀光業逐漸萌芽發展，專門擔任「伴手禮」的島上特產「貢糖」，開始供不應求。負責照料貢糖的「貢糖星君」前來找風獅爺商量：「獅兄，最近觀光客大增，大家都搶著採買島上名產。貢糖來得及做，卻來不及切——我們習慣幫客人把貢糖切成一小口、一小口，方便食用且容易攜帶，這是為客人設想周到的貼心設計。但現在市場熱銷，行情看俏，需要大量的工具配合生產，您手上有一大堆準備關到爛掉鏽掉的砲彈鋼鐵，能否調派過來支援一下我們貢糖部門？畢竟，這比讓他們在島上一直占空間，來得有意義多了。」

風獅爺怨恨讓他出糗吃癟的砲彈客，但比起祂對島上的關愛，這些「恨」根本微不足道。於是風獅爺答應了貢糖星君：「砲彈客們如果真的願意幫閣下做事、為島上盡心、將貢糖切片、替遊客服務，可算是將功贖罪，那我也沒意見。」

貢糖星君來到監禁砲彈客的牢房，對著因為鏽蝕而全身通紅的砲彈客們說：「你們可以繼續留在這裡，等待鏽蝕腐朽；或者戴罪立功——憑藉未來對島上的貢獻，彌補從前對島民的傷害……」

「我們傷害這兒的土地及人民，本是不得已——砲管要瞄準哪裡？火藥會何時擊發？都不是我們砲彈自己可以控制……身為鋼鐵家族的一分子，我們最初的志願都是要投入建設，怎麼想都沒想到我們竟然淪落到從事『破壞』的工作！」最早掉落在島上的老砲彈客，代表同類發言：「現在有機會實現夢想，從事建設性的工作，高興都來不及呢！」

「可是，」貢糖星君再次確認砲彈客的意願：「我希望你們幫忙執行的是……為貢糖切塊的『菜刀』任務。由於你們是巨大的砲彈，要想鍛鍊成菜刀，得先將你們的皮膚一片一片割下來，這樣你們……願意嗎？忍受得了嗎？」

「我知道那很痛……而且還必須忍受敲打折磨、高溫淬鍊，但請勿替我們擔心！留在這兒的砲彈都是經過爆炸震撼才浴火重生的……只要想到從此可以改過自新，變成有益民生的鋼鐵，再大的辛苦痛楚，我們都願意忍受！」

就這樣，曾經造成島上災難和風獅爺難堪的砲彈客，進了打鐵店，蛻變成一把把菜刀，為貢糖店鋪切出一塊塊香甜好吃、極富特色的點心。

每一支由砲彈變成的菜刀，都積極把握重生的機會，努力工作，拚命表現。無論是竹葉貢糖、鹹酥貢糖，還是豬腳貢糖，全都切得又犀利又整齊。甚至任何菜刀可以勝任的工作，他們都搶著要做——耐操堅固，銳不可當——與未經戰火洗禮的刀子截然不同！遊客們不只對貢糖的美味留下印象，更對金門菜刀的犀利讚不絕口。

「看來您給他們重新開始的機會是對的……」有了金門菜刀當幫手，貢糖星君多了不少空閒時間，可以來和風獅爺泡茶聊天：「當初您若是因為仇恨，將他們永遠禁錮在暗無天日的地底，任其生鏽，今日也不會有金門的新特色、酷名產——砲彈菜刀！」

「的確！」風獅爺點著頭，若有所思的說：「我給他們機會，也等於是給了『島上的未來』機會……」

金門菜刀
貢
帥

風獅爺的新造型

雖然，風獅爺放棄了仇恨，讓砲彈客將功折罪、造福鄉里，為當初無力保民護土，彌補了一些遺憾；但是，在砲火中失去了許多分身塑像及忠實信徒的祂，對於自己合不合適擔任島上的守護神，仍舊充滿了懷疑……直到遇見了這位虔誠祈求祂大發神威的小朋友，才使祂燃起了重振聲威的想法。

「希望輻射雲不要被風吹過來！」這是小朋友誠摯祈求的心願。

「輻射塵是比鐵砲彈更厲害、更可怕的東西呢！」正在排隊等著改造自己的砲彈客，好意提醒風獅爺。

「這我知道……」風獅爺一臉平靜的說：「我從你們身上得到了啟發——砲彈經過戰爭洗禮、爆炸衝擊，不再只是單純的鋼鐵，可以成為造福的工具。而我同樣經過戰火考驗，不能再是從前那個養尊處優、安於現狀、計較於職掌、安逸於香火、推卸著責任的官僚神明。」

「您……」砲彈客看見風獅爺眼中射出光芒。

「鋼鐵能做到，我也能做到……」風獅爺披上披風，胸有成竹，邁開大步，大喝一聲：「啊！擋住襲來的風塵，吹開飄近的毒雲，都只是治標不治本的作法……該是我風獅爺重新獲得島民愛載的時候了！我要重現昔日大街小巷佇立我的分身、享受我的庇佑、大家安居樂業、人人無憂無慮的時代！」

風獅爺除了努力召喚強風，讓北方的輻射雲稀釋再稀釋，更向三太子請教了「風火輪」的技術——用風來產生火的能量，驅動發電機——風獅爺卸下了傳統神明的莊嚴神祕法相，演化成現代科技的風力電塔模樣。

「這是我的新形象！」不拘泥於外表的風獅爺說：「我能驅使風，風能產生電。如此供應乾淨的能源，便可減少對核能的依賴。希望因而能除去孩童的擔心，保護民眾的健康。如果大家都能像從前一樣信任我，廣設我的新塑像，所謂心誠則靈，那麼我一定能應驗天真孩子祈求的心願，甚至能將土地、海洋變回安全無虞的食物供應場！」

現在風獅爺倚靠著祂的分身，天天喝西北風，時時轉發電機。祂不再貪求人們的香火，反而十分驕傲於自己的兩袖清風，立誓努力為信徒供應乾淨無害、用之不盡、取之不竭的能源。

風獅爺的改變，連帶的影響了太陽星君和四海龍王，他們前來取經，決定效法祂，也準備供應太陽能和潮汐發電給信徒們使用呢！

——原載二〇一一年九月《未來少年》第九期

善化的魔法阿嬤

老家的阿嬤

美麗的太陽又開始出來工作了，院子裡的圓仔花正用清晨的露珠洗臉，牽牛花也伸起懶腰。南部小鎮裡，陽光灑進一棟「一條龍式」的紅瓦厝院落，一位老阿嬤踏出了廳堂的階檻。她手上拎著鐮刀，正準備到菜圃裡去採一些九層塔，割幾條絲瓜。

昨天，老阿嬤一大早就打了電話，要兒子讓孫子們回來拿些木瓜。反正，過幾天就是「林府二元帥及三仙姑」的祭典，正巧小朋友們放暑假，於是爸爸電話中答應要教大哥帶著二位妹妹坐車回善化看阿嬤，等後天祭典結束，再一齊接他們回家。

老阿嬤正站在菜園裡思索著：孫子要來拿昨天採下的木瓜，今天這些菜，該教誰回家來拿？突然，遠遠的、遠遠的，大門外傳來了小朋友的笑鬧聲。

老阿嬤摘下斗笠豎耳聽著，臉上慢慢露出了笑容——是小孫子們回來了吧！

老阿嬤擦了擦手往門口走去。

果然，三個小朋友手牽手出現在門口，笑嘻嘻的對著老阿嬤喊著：「阿嬤！阿嬤！我們回來了！」

老阿嬤揮著手，滿臉的皺紋織出了一張慈祥和藹的笑容。

「趕緊進去客廳，有冰好的麥仔茶。」阿嬤領著小朋友們進去客廳，由冰箱端出了冰透的麥茶，一杯杯盛給小朋友們。

「乖孫仔，你會曉自己坐車囉，真不簡單。」老阿嬤摸著小男孩的頭說：「乖孫仔，大漢囉！攏會照顧妹妹囉！以後要常常帶妹妹回來看阿嬤喔！」

小男孩一邊啜著冰涼的麥茶，一邊猛點著頭。

「乖孫仔，你們在這兒休息一下。阿嬤到菜園裡去採些菜，今晚煮新鮮的金瓜糜給你們吃。」

「萬歲！」小孫子們最難忘的就是阿嬤拿手的「南瓜粥」了。

安頓好了小孫子們，老阿嬤再度走進菜園。

小妹望著阿嬤的背影，附在哥哥的耳邊說：「哥，爸爸說阿嬤有個魔法菜園，是真的嗎？」

「對呀！爸爸說，每當阿嬤想念我們的時候就會施法術，讓菜園裡的蔬菜、水果成熟。」哥哥點頭回答。

「難怪上個月阿嬤要你回來摘龍眼，這個月又要我們回來拿木瓜！」大妹說。

「果然我猜得沒錯，我們的阿嬤一定是有法力的魔法巫婆！」小妹拿起她早就準備好的筆記本說：「這次暑假作業的研究報告，我要寫一篇有關於魔法的報告。哥、姐，說不定我們的阿嬤現在正在施魔法耶，我們偷偷去看吧！」

三個小朋友悄悄跟著阿嬤的腳步來到了後院菜圃。

正幫滿園高麗菜、九層塔、空心菜澆水的阿嬤，對著蔬菜，口中念念有詞。

因為隔著一段距離，所以小孫子們聽不見阿嬤在說些什麼。

「阿嬤果然在唸咒語！」小妹和大妹異口同聲的說。

老阿嬤最後停在一棵玉蘭花樹下，喃喃的說完一段話後，露出了微笑，隨即摘下了二朵玉蘭花，轉身準備走回屋子。躲在九層塔叢後的小朋友來不及跑回客廳去，被阿嬤發現了。

─魔法事件─

「你們在這兒呀，怎麼不待在客廳呢？」阿嬤問。

「沒有啦！阿嬤，我們只是想看看菜園。」大哥連忙回答，他們可不能讓阿嬤知道他們正在調查有關魔法的事件。

「哈！今年菜園內的玉蘭花開真多呢！你們看！」阿嬤一邊說著，一邊將玉蘭花別在兩個小孫女的頭上，那香味飄呀飄呀的，引來了一隻菜園裡的小白蝶。

「阿嬤，剛剛您在菜園裡說些什麼呀？」好奇的小妹還是忍不住問了。

「我係在感謝菜園裡的菜收成好，讓我的孫仔能夠吃到好吃的菜。」阿嬤憐惜的拍拍小妹的肩。

「原來，阿嬤還能夠跟青菜說話，阿嬤果然有魔法！」小妹喃喃的唸著，並且馬上翻開了筆記本記錄。

吃完晚餐，阿嬤讓出了歌仔戲時間讓小朋友看卡通。她坐在搖椅上，手裡數著一串佛珠。

小朋友們正聚精會神看著螢幕裡的魔法仙子大戰邪惡怪獸。突然，阿嬤手中的佛珠斷了，珠子掉在地上彈著、彈著，阿嬤看著圓滾滾的佛珠一上一下的彈跳著，竟然笑了出來，阿嬤對著珠子說：「你們這些珠仔，故意跟我玩嗎？真古錐！」阿嬤沒馬上去撿珠子，只笑著等珠子一顆顆停止了彈跳——好像跳累了似的——靜止在地上，阿嬤才起身一個一個撿起它們。

小朋友根本忘了看卡通的結局，他們驚訝的看著阿嬤和佛珠講話，小妹拿起筆記本，記下阿嬤和珠子的事，大哥和大妹幫阿嬤撿珠子的時候還故意檢查了一下珠子。

「你覺得它們有什麼奇怪的地方嗎？這些珠子是不是小精靈變的呀！」大妹偷偷輕聲問大哥。

「我覺得是！」大哥還沒回答，小妹已經搶先說話了：「這樣更證明了，阿嬤一定是具有魔法的巫婆！」

「真的嗎？」大妹和大哥把珠子捏在眼前，又仔細端詳了一陣。

阿嬤被三個小孫子可愛又奇怪的舉動，逗得哈哈大笑起來……。

隔天一早，三個小朋友被早晨清亮的鳥叫聲喚醒，三人起床梳洗完畢，一齊來到了院子裡呼吸新鮮的空氣。

「你們起來啦！緊來呷飯呀！」由廚房走出來的阿嬤，見到三個小朋友，慈祥的呼喚他們來吃早餐。

「嗯！」小朋友答應著，走進了廚房。

「貓！」小妹大叫了一聲！指著木櫥上蹲著的一隻貓。

「貓咪！來呷飯吧！」只見阿嬤將昨夜的剩菜剩飯盛滿了一個碗公，招呼著木櫥上的貓來吃！

「阿嬤，那貓是您養的嗎？」大妹問阿嬤。

「唔係啦！這隻貓我嘛不知係叨位來耶，阿嬤係因為有時飯菜不吃丟掉可惜，就拿來飼伊，時間一久，牠就常常走來這裡了。」阿嬤說。

小妹又把筆記本拿出來記了，一邊記一邊輕聲對哥哥和姐姐說：「卡通和故事書裡都說巫婆會養貓，我就說吧，阿嬤絕對是有魔法的巫婆。」

「可是巫婆養的是黑貓，這隻是虎斑貓耶！」大哥輕聲的提出質疑。

「虎斑貓一定是黑貓變身偽裝的！」小妹斬釘截鐵的說。

吃完早餐，阿嬤要小朋友們一起到廳堂拜拜，客廳內，神桌上，阿嬤已經準備好了鮮花素果。阿嬤給了小朋友每人三柱香，口中唸唸有詞的：要祖先保祐小朋友們健康成長，學業進步。

—活菩薩—

「阿嬤可以和死去的祖先對話呢！果然，阿嬤是會魔法的巫婆！」一邊拿著香的小妹，還想辦法空出一隻手在筆記本上寫著。

「哥，供桌上有觀世音、祖先神位，這些我都認識，可是怎麼還有二尊神像哪？」第一次在老家上香拜拜的大妹問大哥。

「那就是爸爸說的『林府二元帥和三仙姑』，我找過很多書，問過很多同學，他們都沒聽過這二位神仙，那可是我們家才有的神明呢！」常回阿嬤家的大哥說。

「好酷喔！我們家自己的神仙耶！難怪阿嬤會有特別的魔法，一定是我們家的神明教阿嬤的。」小妹仍然在筆記本上振筆疾書。

禱告完的阿嬤收起了小朋友手上的香，插進香爐，教小朋友們雙手合十，再拜幾下，拜完後小朋友們就可以去玩了，而阿嬤還得準備林府二元帥及三仙姑的祭祀事宜。

大哥帶著兩個妹妹爬上龍眼樹旁的圍牆，摘著圍牆邊的扶桑花，這裡不但有涼涼的樹蔭，而且還可以看見圍牆外來來往往的行人。

正當三個小朋友正忙著用竹竿摘取龍眼時，有對老夫婦走了過來，老婦笑眯眯的對著小朋友們說：「你們是這裡阿婆的孫子吧？」

小朋友們停了下來，一齊對著老夫婦們點點頭。

「你們的阿嬤真是個好人哪！年輕的時候，大家都不好過，你們阿嬤常省下買菜錢幫助我們，真是一位活菩薩呀！」老婦身旁的老人，咿咿呀呀的點著頭，看來是位聾啞人士。

老婦拍拍三個小朋友，直說他們和爸爸長得真像，之後，他們走進院子去和老阿嬤打招呼。

「哥！『活菩薩』是什麼意思。」小妹疑惑的問著。

「我知道『菩薩』是一種法力很厲害的神仙，『活菩薩』應該也差不多吧！」哥哥回答。

「是不是和巫婆一樣？」喜歡看魔法卡通的小妹又問。

「不太一樣吧！巫婆有一些是壞巫婆，可是『菩薩』都是好的神仙。」

「所以阿嬤比巫婆還厲害囉！」小妹又拿起了筆記本記錄起來。

「『活菩薩』是指阿嬤是好人吧！怎麼可以證明阿嬤一定有法力呢？」大妹提出疑問。

「姐！可是阿嬤做的粽子、發糕、年糕都比外面賣的還好吃，阿嬤一定是用

魔法做的，只有魔法才辦得到，平凡人怎麼可能做出那麼好吃的東西？」小妹反駁。

聽完小妹的說法，大妹也覺得很有道理，一直猛點頭。

阿嬤忙完了準備祭品的事，便下廚煮了一大桌好吃的料理，讓小朋友們吃得飽嘟嘟。下午，三個小朋友和阿嬤養的火雞繞著紅瓦厝追逐，玩得不亦樂乎。突然，院子裡開進一輛大卡車，卸下了一堆東西，小朋友們隨著阿嬤的腳步紛紛趕上前去湊熱鬧。

「哇！是布袋戲耶！」大哥發現箱子裡裝了滿滿的布袋戲偶。

「對呀！這係要謝神用耶！」阿嬤笑著摸摸哥哥的頭說。

「那神仙會來看嗎？」大妹問。

「當然嘛會！」

「真的嗎？那我們能不能看到神仙？」小妹拉著阿嬤的裙角，天真的問。

「憨孫仔，只有神明能夠看到我們，我們怎能見到神明呢？」阿嬤笑著對小妹說：「來，我們來幫忙他們把東西布置乎好，等會我來幫阿孫仔洗身軀，今仔日要洗頭喔！頭洗好，阿嬤幫阿孫仔綁一個美美的辮子。」

「好！」小妹雀躍的說。

—林府二元帥與三仙姑—

隔日，就是林府二元帥及三仙姑的昇天祭典，姑姑、叔叔、伯伯們全家都回來了，爸爸和媽媽也趕在開祭前回來，祭典在中午開始，伯伯領著大家燒香拜拜，布袋戲的樂音響徹了整個老家院落，戲台上不時灑出來的餅乾、糖果讓小朋友們驚呼不斷，到處搶撿。

戲棚下，大妹正在向隔壁鄰居小朋友誇耀著「她」的林府二元帥和三仙姑是多厲害的神仙。大哥追問著爸爸：林府二元帥和三仙姑會不會驅妖除魔。

「當然會！祂們可是我們家族的守護神呢！」爸爸說：「不過，兒子呀！你知道嗎，祂們若還在世，你應該叫祂們叔叔、姑姑呢！」

「叔叔？姑姑？」大哥一臉迷惑。

「是呀！」爸爸嘆了一口氣說：「祂們在世時是爸爸的弟弟和妹妹，都是阿嬤的兒女，因為意外夭折，你阿嬤太傷心了，擔心他們成了無依無靠的孤魂，於是才請法師求上天封他們一個神位，成為林家的守護神，永遠享受香火的祭祀！」

聽完爸爸所說的故事，大哥目瞪口呆：「那麼林府二元帥和三仙姑是因為阿嬤才成的神囉？阿嬤的法力果然比神仙還厲害，是真的活菩薩囉！」

大哥發覺了這個天大的祕密後，想要告訴小妹，讓她把這個「證據」記錄在她的魔法筆記本裡，可是竟然怎麼找都找不到小妹。

原來小妹在戲棚下注意到阿嬤今天都沒出現，連忙拿著筆記本去找阿嬤，她發現阿嬤一個人獨自坐在廚房裡，遠遠望著戲棚這兒的人群，眼睛裡好像還泛著光芒。

「阿嬤！你老實告訴我，我不會跟別人說的，您是不是會使用魔法？」小妹輕聲的問阿嬤。

阿嬤國語聽得並不是十分了解，不曉得是不是把「魔法」聽成了「頭髮」，她摸了摸小妹的頭，撥了撥小妹剛剛為了搶糖果而弄散了的辮子，說：「憨孫仔，來，妳看妳耶頭毛都散去啊，阿嬤幫妳重綁！」

阿嬤拿起頭上的篦梳，輕柔的幫小妹梳起頭來，愛美的小妹讓阿嬤梳著梳著，不久便舒服的進入了夢鄉。

大哥後來也在廚房找到了睡在阿嬤膝上的小妹，她在睡夢中還喃喃的唸著：

「魔法阿嬤……我有一個魔法阿嬤……。」

林府二元帥及三仙姑的祭典結束之後，小朋友們也跟著爸爸媽媽回家了，連續好幾個星期，三個小朋友仍然討論著「善化阿嬤」的法力有多厲害。

某個周末的早上，爸爸接起了一通電話，用台語回答了幾句後，爸爸便握住話筒露出調皮的笑容，轉身對著三個小朋友說：「阿嬤又在想你們了。」

小朋友們異口同聲問道：「阿嬤的魔法菜園這次是什麼成熟了？」

「蓮霧！」爸爸說。

「哇！太厲害了！我最喜歡吃蓮霧了。」大哥說。

「我希望下次熟的是老家院子裡的釋迦！」覺得蓮霧「還好」的大妹說。

「哈！我先去買車票，另外我還要買一本新的魔法筆記本！」小妹早已跑到門口，牽起了腳踏車。

——本文獲二〇〇二年第十屆南瀛文學獎兒童文學類第二名

螞蟻城堡
的蜘蛛雕像

喧囂的火車站裡，距離每天清早第一班火車進站還有一個多小時，車站裡安靜無聲，微笑蜘蛛卻早已醒來，呆望著玻璃櫥窗外的景色，火車站外天色正逐漸變藍，這段時間正巧是夜裡遊玩的動物歇息了，而白天活動的動物還沒起床的時刻。

微笑蜘蛛整晚呆望著門口上的紙條，紙條上寫著「公休」二字——主人昨天就和朋友去南部玩了，這次竟然沒有帶牠。

老早就聽主人說：他要和朋友到南部去參加海灘音樂季，聽說要去三天二夜，那表示微笑蜘蛛將被孤獨的關在這小小的櫥窗裡三天二夜。

「不行，那實在太無聊了！這幾天又不是假日，小朋友們都要上課，根本沒有人會來鼓掌看我表演『高空彈跳』。我一定會悶死的！」微笑蜘蛛煩惱著，牠是一隻聲控玩具蜘蛛，最大的樂趣就是在小朋友的掌聲裡表演高空彈跳。

「我一定要出去走一走！」微笑蜘蛛下定決心。

自從來到了這個車站，除了這個書報攤，牠從未到過小鎮的任何地方。

於是，牠用僅有的一條蜘蛛絲，爬呀爬，拉呀拉，由書報攤的通風口垂了下去，順著牆角爬進火車站的天橋，爬過月台，爬到火車站的圍牆外。火車站的圍牆上有個小排水管，水管口流出一涓細細的水流。

微笑蜘蛛站在圍牆上望著小鎮的公寓和高樓，果然與主人老家的農莊大大不同，這兒到處都是房子，根本看不見遠方的景色。

微笑蜘蛛呆看著灰灰的鎮上風景，實在想不出該到哪兒去逛才好，就在牠猶豫不決的時候，下方傳來了微弱的說話聲音。

「都是你啦！說什麼走捷徑比較快，你看，現在過不去了吧！萬一回去晚了，又會被王后娘娘罵了啦！」

「這怎麼能怪我，都是你動作太慢，所以才必須抄近路呀！而且，我怎麼知道今天河流這麼早就開始氾濫！」

「誰不知道這條河流每天氾濫的時間都不一樣，都怪你出的餿主意啦！」

「好啦！別吵了，現在趕快想想辦法吧！不然回去真的會完蛋，搞不好會被王后娘娘罰去蓋她的雕像！」

「天哪！你別嚇我，去做雕像，那可會累死耶！而且又危險，上禮拜聽說傷了好幾個呢！」

微笑蜘蛛循著對話聲仔細一看，原來是兩隻小螞蟻，正站在排水管流出的水流旁說話。

「嗨！螞蟻先生，您們好呀！我是喜歡高空彈跳的『微笑蜘蛛』。」微笑蜘蛛很有禮貌的打著招呼！

「哇！是蜘蛛啊！救命呀！」兩隻螞蟻抬頭看見了微笑蜘蛛，嚇得腳都軟了：「天哪！蜘蛛大人，請別吃我們哪！」

「吃你們？怎麼會呢！我從不吃小動物的！」微笑蜘蛛見牠們嚇成那樣，連忙澄清。

「你不吃小動物？蜘蛛不是專門吃像我們這種小昆蟲的嗎？」其中一隻螞蟻問道。

—**螞蟻城的小馬與小乙**—

「我不知道耶，我從來不吃昆蟲。如果肚子餓，我的主人會餵我吃一種圓筒狀的東西！」微笑蜘蛛連忙解釋清楚。

「原來，你是一隻還在用奶瓶喝奶的蜘蛛呀！」另一隻螞蟻恍然大悟。

螞蟻見微笑蜘蛛並沒有要傷害牠們的意思，於是走近了微笑蜘蛛的身邊，問牠在這兒做什麼。

「只是覺得無聊出來逛逛，你們呢？」微笑蜘蛛說。

「真羨慕你，還有空閒出來逛街，我們都快忙死了！我倆因為趕不及把食物送回城堡去，於是決定走捷徑，想不到這條河流又氾濫了，這下可真不知該如何是好，我們回去一定會被王后娘娘罰去蓋雕像了！」

「雕像？蓋雕像要做什麼用呀？」微笑蜘蛛問。

「誰知道那能做什麼用！我們的王后娘娘也不曉得是由哪兒學來的壞嗜好，最近她迷上了興建自己的雕像，還把許多原本負責尋找食物的工蟻分配去修建雕像，害我們的工作量變多了，每天加班都做不完。加上冬天就快到了，真怕食物儲存得不夠，到時候就得挨餓了！」其中一隻螞蟻說。

「還有呢，許多被叫去建築雕像的工蟻，因為工作太累，分了心，因而受傷了呢！」另一隻接著說。

「好可憐喔！」微笑蜘蛛說：「對了，我還沒請教兩位的大名呢！」

「我叫小馬！」

「我叫小乙！我們是水溝旁第一座螞蟻城堡的工蟻，我們負責蒐集食物，好讓同胞們度過寒冷的冬天！」

「您們好！我是火車站書報攤的微笑蜘蛛，我的嗜好及工作是表演『高空彈跳』！」微笑蜘蛛再一次介紹自己。

「很高興認識你！微笑蜘蛛，但是現在我們必須繞回原路去了！」兩隻螞蟻垂頭喪氣的背起食物往回走。

「小馬、小乙，你們別走呀！現在你們繞回原路一定來不及，來吧，讓我來當你們的橋樑吧！」說完微笑蜘蛛便跨過了圍牆上的小水流，把自己當成了一座橋。

小馬和小乙發現有辦法渡過河流了，不約而同開心的大叫：「哇！太棒了，我們不會被罰去蓋雕像了！」

渡過河流的兩隻小螞蟻，一直向微笑蜘蛛道謝，牠們還邀請微笑蜘蛛一齊去螞蟻城堡遊玩。

「好呀！反正我的主人要好幾天才回來，就到你們螞蟻城堡去參觀、參觀吧！」微笑蜘蛛爽快的答應了。

到了螞蟻城堡，起初，螞蟻們被微笑蜘蛛嚇了一大跳，但是經過小馬和小乙的介紹後，螞蟻城堡的居民紛紛熱烈的歡迎牠。但是由於大家的工作實在太多了，所以寒暄了一下子，大家就各自忙著做事了。

—螞蟻城的高架道路—

小馬和小乙趁著把食物放進倉庫的時候，順道帶著微笑蜘蛛參觀螞蟻城堡。

其實螞蟻城堡的倉庫以及住家都在地底下，地面上只在入口處建了一座小城堡，但是城堡圍牆四周正興建著許多螞蟻王后的雕像。

螞蟻城堡的地下入口實在太小了，微笑蜘蛛根本進不去，所以小馬和小乙只能站在微笑蜘蛛的頭上充當導遊，帶領微笑蜘蛛在地上城堡附近逛逛。

「為什麼城門口擠了那麼多的螞蟻呢？」微笑蜘蛛看見一長列黑壓壓的螞蟻，每隻螞蟻身上都背了重重的食物，忍不住好奇的問。

「那是工蟻們最害怕的交通大阻塞呀！」小馬說。

小乙接著解釋：「那些大部分是隔壁螞蟻城堡的居民，因為這兒一邊是水溝谷地，另一邊是河流密布的圍牆，他們如果要回自己的城堡，就只有這條穿過我們城堡的單向道可以走。」

「天天都塞得這麼嚴重嗎？」微笑蜘蛛問牠的螞蟻朋友。

「本來交通是很順暢的……就因為王后娘娘建了好幾座自己的雕像，擺在城門口那兒，堵住了城門，才開始產生交通阻塞。」小馬說。

小乙接著補充：「剛剛要不是微笑蜘蛛你好心幫我們渡河，現在我們可能還塞在隊伍的最後端呢！」

問。

「花這麼多時間在排隊推擠，這樣能來得及儲存食物過冬嗎？」微笑蜘蛛

「聽說各個城堡今年的進度都落後了，尤其是我們這兒，因為還有許多工蟻被派去蓋王后雕像，結果儲存食物的工作嚴重落後，根本達不到預定目標的一半！」小馬嘆了口氣。

小乙又接著說：「要是有工蟻進度落後了，王后娘娘的處罰便是派牠去蓋雕像，如此一來，蒐集食物的工蟻又變得更少，進度當然更加嚴重落後了！」

「好可憐喔！讓我想想看可不可以幫得上忙！」微笑蜘蛛想起剛剛幫小馬和小乙渡河的方法，牠發現自己站直起來比螞蟻城堡還高，於是牠將左邊的四隻腳跨在城堡前門，另外四隻腳跨在城堡後面，這樣就成了四條高架道路，不只如此，微笑蜘蛛還把牠僅有的一條蜘蛛絲接在圍牆上，充當一座吊橋，讓從圍牆走捷徑回來的螞蟻們不必擔心河流氾濫了。

小馬、小乙高興極了，自願擔任交通指揮的工作，把塞在城門前的螞蟻們，分散到各條高架道路上去，並且大聲宣傳著圍牆上有可以通行的吊橋，大家不須再繞遠路了。

果然歸心似箭的螞蟻們，紛紛由微笑蜘蛛的左腳爬上去，從右腳爬下來，一下子就越過了堆滿王后雕像的螞蟻城，回到自己的城堡。而小馬、小乙塞在路上的同伴們，也順利在時間內趕回來，完成儲存食物的工作。今天沒有工蟻被罰去蓋雕像，螞蟻城的居民們很感謝微笑蜘蛛的幫忙，有太多工作要做的牠們經過微笑蜘蛛身旁時，都會大聲的向牠說聲：「謝謝！」

忙了一整天，直到月亮出來，螞蟻們才能休息。小馬和小乙趁著休息時間，爬上微笑蜘蛛的背，陪牠說話。

小馬問：「微笑蜘蛛，你在這兒站了一天，會不會累呀？」

微笑蜘蛛說：「不會啦！我可以站上好幾天呢！」

小乙問：「那麼多螞蟻爬在你的身上，你不會覺得很重嗎？」

微笑蜘蛛說：「重是不會啦！不過倒是覺得有點癢！」

小馬說：「現在大家都休息了，你不用站在這兒啦！」

微笑蜘蛛說：「沒關係！現在如果移動，可能會吵到大家，而且有些城堡的工蟻晚上還在加班趕工呢！我還是站著好了！」

「微笑蜘蛛，你真好，真是謝謝你！」小馬和小乙異口同聲的說。

「唉呀！你們別這麼說啦，我都要臉紅了啦！我只希望幫大家趕快完成儲存食物的工作，好度過寒冷的冬天哪！」微笑蜘蛛說。

夜空下，照在牠們身上的月光，溫柔得就像牠們的友情一樣。

—微笑蜘蛛昏倒了—

隔天，微笑蜘蛛繼續擔任「高架道路」的工作，而小馬與小乙也被任命為交通指揮員。由於交通順暢的緣故，大家的進度逐漸追上。因為如此，螞蟻城的王后特地出來慰勞微笑蜘蛛。王后說為了犒賞微笑蜘蛛對螞蟻城的貢獻，她決定為微笑蜘蛛蓋一座「雕像」以示獎勵。

微笑蜘蛛明白蓋雕像對螞蟻們帶來極大的痛苦和不便，牠連忙向王后說：「不！不！不！王后娘娘！千萬不可以！如果您真的要獎勵我，就請您暫時停興建雕像，讓您的子民們能多多休息，也讓負責蒐集食物的工蟻多一些同伴，早日把螞蟻城的食物儲存完備吧！」

螞蟻王后見微笑蜘蛛不領情，還要她停止蓋雕像，心中有些不高興，一句話都沒說，悻悻然的回皇宮去了。

雖然王后娘娘沒有採納微笑蜘蛛的建議，微笑蜘蛛還是盡心盡力做好「高架道路」的工作。有好幾座城的工蟻們已經趕上進度，而小馬、小乙的螞蟻同事們，今天依然不必被罰去蓋雕像，又是順利的一天！

當天，微笑蜘蛛雖然覺得身體有點不舒服，可是因為螞蟻們的工作很繁重、很辛苦，因此牠忍住沒說出來，一直撐到了晚上，微笑蜘蛛反常的沒有和小馬、小乙聊天，早早就睡了。

隔天清晨，小馬、小乙來叫微笑蜘蛛起床時，竟發現牠昏倒了，而且昏倒的微笑蜘蛛仍保持著高架道路的姿勢。

「救命哪！微笑蜘蛛昏倒了！」小馬和小乙大聲呼喊著，一早正準備上工的螞蟻們都圍了過來，十分憂心的搖著微笑蜘蛛。

微笑蜘蛛被搖醒了，虛弱的說：「怎麼了？您們別擔心我，我……我只是有點……餓……而已啦！」說完，微笑蜘蛛又昏倒了。

「微笑蜘蛛餓了，那我們回去拿食物給牠吃，我們那兒有一整塊的巧克力呢！」第二座螞蟻城的工蟻們說。

「我們那邊也有餅乾！」

「我們有饅頭！」

「我們有果凍！」

每一座城堡的螞蟻們都自動自發、爭先恐後的捐出辛苦蒐集來的食物，要讓微笑蜘蛛充飢。

小馬、小乙記起了與微笑蜘蛛初見面時，微笑蜘蛛曾說過牠還在用圓筒狀的奶瓶吃奶，而且還必須由牠的主人餵。

「那該怎麼辦？」小乙問。

小馬站起來對工蟻們說：「各位，微笑蜘蛛幫了我們這麼多忙，現在牠餓昏了，都還直挺挺的保持著『高架道路』的姿勢。牠對我們這麼好，我們不能自私的只想到自已，我們應該將微笑蜘蛛送回牠主人那兒，惟有這樣，微笑蜘蛛才有可能復元。現在，我需要大家的幫忙，因為這可能會影響到工作的進度，所以不強迫各位，我想徵求志願者，一齊將微笑蜘蛛送回牠的主人身邊。」

小乙接著說：「願意幫我們將微笑蜘蛛送回火車站書報攤的，請留下，其他的繼續去工作吧！」

結果，全部的螞蟻都願意留下來救微笑蜘蛛一命，以報答牠的恩情！

—送微笑蜘蛛回家—

搬東西的確是螞蟻們最拿手的工作了，成千上百的螞蟻趁著天色未亮，抬起微笑蜘蛛，繞過了圍牆，鑽進了月台，爬上了天橋，來到了書報攤。

書報攤門口的「公休」紙條已經不見了，書報攤內燈光是亮著的。

小馬和小乙帶領著螞蟻們，爬上了書報攤的冷氣通風口，由那兒可以清楚看見一個人類正翻箱倒櫃找著東西。

「奇怪！我最寶貝的聲控玩具蜘蛛呢？難道被人偷走了？」人類一邊找，一邊喃喃自語著。

小乙、小馬知道那人就是微笑蜘蛛口中所稱的「主人」了。牠們想把微笑蜘蛛送回主人身邊，又害怕被危險的人類發現，於是小馬想出了一個法子：牠指揮大家將微笑蜘蛛的蜘蛛絲綁在通風口的螺絲上，然後請大家合力搬來一顆石子，先將掩蔽的地方找好後，將石子推下，發出聲響，引起人類的注意。

果然，微笑蜘蛛的主人注意到了，他抬頭一看，發現他正在尋找的聲控玩具蜘蛛正高掛在通風口旁。

「奇怪，剛剛我明明檢查過這兒，難道是我眼花了？」他趕緊站上椅子，把微笑蜘蛛給取了下來，上下左右仔細檢查了一番。

小馬和小乙請螞蟻們先趕回去工作，牠們留下來探視微笑蜘蛛的狀況。

只見主人細心的檢查著一動也不動的微笑蜘蛛……

「原來是沒電了，我來幫你換電池吧！」主人說完，從抽屜裡拿出新電池幫微笑蜘蛛換上。

小馬、小乙在通風口上看傻了眼——牠們從未見過把肚子打開，然後放進奶瓶的吃飯方式，要不是親眼見到微笑蜘蛛醒了，牠們還真不敢相信自己的眼睛呢！

微笑蜘蛛醒來，見到主人就在眼前，心裡又驚又喜。當牠發現主人背後的通風口上，小馬、小乙正對牠揮著手，牠明白在螞蟻城堡當「高架道路」的事不是做夢，牠也對著通風口揮了揮手，表示謝意。

小馬、小乙見微笑蜘蛛醒了，還向牠們打招呼，便安心的回到螞蟻城堡，繼續蒐集食物的工作了。

微笑蜘蛛被主人掛在原來的地方——正對著櫥窗，那是牠的表演舞台。牠知道等一下就可以繼續表演牠拿手的「高空彈跳」了，也可以繼續收集車站裡小朋友的笑聲。能夠回到主人身邊，並且繼續表演是值得高興的事，但微笑蜘蛛心裡還是掛念著螞蟻城堡的事——不知道工蟻們蒐集過冬食物的進度，會不會又落後了。

開始表演後，因為心不在焉，有一次微笑蜘蛛還差點被自己的蜘蛛絲絆住。

一天又很快的過去，打烊了，主人把書報攤鎖上，留下微笑蜘蛛高懸在櫥窗裡。

「小馬、小乙現在不曉得怎麼樣了，會不會被罰去蓋雕像啊？」整夜微笑蜘蛛一直在擔心著螞蟻城堡的事：「可是我不能離開這兒去幫忙呀！白天主人找不到我會傷心的！」

—螞蟻城的慶祝大會—

「微笑蜘蛛！微笑蜘蛛！」

也不知道發了多久的呆，微笑蜘蛛才被一聲呼喚將牠由煩惱中拉回現實。

微笑蜘蛛向上一看，竟然是小馬和小乙站在通風口上揮手喊著牠。

「你……你們怎麼來了！」微笑蜘蛛見到好朋友，心裡好興奮！

「我們是受大家的託付，特地來請你參加我們的慶祝大會。」小馬和小乙笑嘻嘻的說。

「慶祝大會？慶祝什麼呀？」微笑蜘蛛問。

「跟我們來就知道了！」小馬和小乙作手勢要微笑蜘蛛跟牠們一齊走，微笑蜘蛛便爬上了通風口，將小馬和小乙背在肩上，往螞蟻城堡爬去。

翻過了圍牆，在月光下，遠遠的、遠遠的，微笑蜘蛛看見螞蟻城的上方有個和牠長得一模一樣的雕像，而城門口，王后娘娘領著各城的螞蟻居民，正準備迎接牠們。

突然，微笑蜘蛛慢下了腳步，牠望著城門上方生氣的說：「我不是說過我不想要雕像嗎？王后娘娘是不是勉強了很多螞蟻？是不是有很多螞蟻沒辦法認真工作？有沒有螞蟻因此受傷？」

小馬、小乙看了彼此一眼，忍不住笑了出來，牠倆沒有回答微笑蜘蛛的問題……

到了王后娘娘面前，微笑蜘蛛還是有些不高興。

王后娘娘走向前去，向微笑蜘蛛表示歡迎：「微笑蜘蛛，歡迎你來參加我們螞蟻城『高架道路』的落成慶祝大會。」

「高架道路？您是說這……不……是我……我的雕像。」微笑蜘蛛收起生氣的口吻，驚訝的問。

「我們這座高架道路的確和微笑蜘蛛你十分相像，事實上就是你給我們的靈感，各城的工程師一致表示應該如此設計，你看，連吊橋都有呢！」

「您是說，這是您們自己建的高架道路？」微笑蜘蛛指著城堡上方和牠長得一模一樣的雕像問。

「是呀！自從送你回去後，大家就決定建一座高架道路，來幫助大家早日完成糧食儲存的工作。」王后娘娘指了指頭上的四線道高架道路無奈的說：「我一直想要大家尊敬我、懷念我，於是蓋了很多自己的雕像，結果大家愈來愈討厭我；而你不要我幫你建雕像，大家卻懷念你的貢獻，建了一個與你一模一樣的建築物！為了趕工，牠們竟然還拆我的雕像去做材料呢！唉！看來要讓大家能夠懷念、尊敬，還是應該多做一些對大家有實質幫助的事才對呀！」

「真是不好意思！」微笑蜘蛛摸摸頭。

「別不好意思啦！」小馬拍拍微笑蜘蛛說：「紀念你，是為了我們自己呀！」

小乙接著說：「這可是各個螞蟻城堡有史以來『最團結』的一次大合作了，所有的螞蟻都放下手邊工作，拚命趕進度，一天內就完工了呢……我也有出力喔！」

小馬又說：「這次蓋高架道路，沒有任何螞蟻受傷，因為我讓所有在高空上工作的螞蟻們，仿效蜘蛛絲的功能，在屁股上綁了條安全繩索，完全避免了意外發生！」

微笑蜘蛛望著高速道路，笑了！

「好了！各位！我們的貴賓已經到了，現在我宣布慶祝大會正式開始。」王后娘娘高聲喊著。

微笑蜘蛛擔任貴賓剪了綵，在餘興活動中，牠還自告奮勇表演最拿手的「高空彈跳」特技，牠將蜘蛛絲的一端掛在圍牆的鐵勾上，不知是巧合，還是上天特意的安排：就在螞蟻觀眾的掌聲中，微笑蜘蛛正準備開始表演時，火車站的夜空忽然出現了一朵煙火……轟！

——原載二〇〇三年三月十一日～四月十五日《國語日報．兒童文藝》

翅膀的夢想

從前、從前，有一雙翅膀，原本定居在天使邱比特背上，但由於邱比特後來改搭「觔斗雲」了，於是翅膀必須尋找新的主人，它問遍了天堂，卻沒有天使缺少翅膀，翅膀也不願和別雙翅膀一同擠在天使背上——理由是那樣飛行起來太像金龜子！

有一天，翅膀遇見了一隻老虎，它問：「老虎，你想不想要一雙『如虎添翼』的翅膀呢？」

「不、不、不、不，千萬不要！我們老虎一族沒長翅膀就快絕種了，如果長了翅膀，那還得了！人類絕對不會放過我的，一定抓我去做實驗，最後製成標本！」老虎嚇壞了。

於是翅膀道別了老虎，繼續尋找主人。

某日，它找著找著，夕陽下山了，它便飛進一個山洞過夜，誰知山洞裡別有洞天，翅膀進去後奇怪著：「外面明明是晚上，為何洞裡是白天？」

洞穴裡風景非常漂亮，但卻見不到任何動物——除了草地上弓身睡著一個人，人的懷裡緊抱著一顆蛋。

翅膀飛上前察看，蛋卻說話了：「你好！」

翅膀嚇了一跳，問：「你……會說話？你是……？」

「我是『傻蛋』！」

「傻蛋？哈！笑死了，誰會取這種名字？」翅膀笑得全身的羽毛都豎了起來！

「呃……那不是我的本名，是大家都這麼叫我！」蛋無奈地回答。

「你在這兒做什麼？」翅膀好奇地問。

「我正在旅行！」

「旅行？你沒有手、沒有腳，根本連動都不能動，怎麼旅行呢？」

「我的確是在旅行，而目的地的景色早已浮現在我的腦海！只不過，最後我還是得動身——去證明我前進的方向能夠到達正確的地方！」

「你只是一顆未孵化的蛋，如何前往你的目的地呢？」翅膀收起了笑容。

沒嘴巴的蛋以堅決的口吻說：「有志者事竟成！」

「那——你介意背著一雙翅膀嗎？」翅膀若有所思的問：「我也想去看看『傻蛋』的目的地。」

「好呀！」蛋毫不遲疑的答應了。

於是「傻蛋」啟程，帶著翅膀；翅膀撐著蛋，飛上雲端。

在高空上飛行了好久，翅膀終於忍不住，渾身發抖的說：「你的蛋殼太滑了，你的目的地太遙遠！我又冷又餓，快撐不住了……」

「小……小心呀！我可以被當作『傻蛋』，可不想『完蛋』哪！」蛋也很緊張。

正當翅膀忽上忽下、搖搖欲墜時，「咻——」的一聲，邱比特駕著觔斗雲呼

嘯而過，差點撞翻了蛋和翅膀。

邱比特眼角瞄見了祂遺棄的翅膀，笑著說：「你怎麼拖著一顆傻蛋？」

「他的名字其實不是傻蛋……」翅膀還來不及說完，邱比特已不見蹤影。

「高空中這麼寒冷，他飛得這麼快，還沒有衣服穿？」蛋同情的對翅膀說：

「我不該抱怨了，至少我有薄薄的蛋殼，而且現在還有溫暖的翅膀……」

翅膀突然想起了什麼，帶著蛋降落，覓了根樹枝棲息下來。

蛋溫暖的睡在翅膀懷裡，做著孵化的「夢」。

翅膀慢慢回憶起從前還沒擔任天使的裝飾品時、自己原本過的日子。它明白了蛋的旅行，是真的不必移動，也不需要交通工具，他的出發點在蛋殼裡，他的目的地就在蛋殼外！最後，翅膀用自己的羽毛和枯葉、樹枝，為蛋築了一個巢。

因為這個發現是翅膀在蛋作「夢」時「想」出來的，所以等蛋孵化後，翅膀決定將孵出的小寶貝取名為「夢想」！

這就是夢想的由來……

——原載二〇〇七年三月十二日《國語日報・兒童文藝》

變色龍、狗仔隊與學者——《童話狗仔隊：林哲璋童話》賞析

徐錦成

1

變色龍與狗仔隊都是林哲璋寫過的童話角色，兩者恰巧都能彰顯林哲璋的特性。這兩者的形象都有點負面，但我拿來比擬林哲璋，絕對沒有挖苦的意思。

先說變色龍。林哲璋不僅寫童話，也寫兒童詩、少兒小說及歷史故事，台灣兒童文學界能寫多種文類的寫手並不罕見，但林哲璋寫什麼像什麼，仍該記上一筆。他能寫各種文類，應和他從事研究有關（所以他也能寫學術論文！），他對於台灣童話、兒童詩、少兒小說的歷史與現況有所掌握，因而能寫出中規中矩的作品。更難得的是他常有創新，這就又證明他確實是個作家——有學術底子的作家！

在〈白目變色龍〉的結尾，變色龍領悟：「應該善用舌頭——用智慧善用舌頭！」

作家運筆用字，一如舌頭言說，林哲璋無疑是隻「用智慧善用舌頭」的變色龍。

2

再說狗仔隊，容我先引用〈童話狗仔隊〉的開頭來說明：

世界上有許多童話，只寫到「王子與公主從此過著幸福快樂的日子」就沒下文了……然而，事實真是如此嗎？

身為「童話狗仔隊」，本記者有義務為大眾深入報導童話故事的後續發展，秉持著「打破沙鍋」、「守株待兔」以及「畫蛇添足」、「加油添醋」的精神，為「從前的小朋友」和「未來的成年人」扒出——喔！不！——是「發掘」事實的真相。

「事實真是如此嗎？」這句話在此是記者自問，但其實更是學者的口頭禪。而我們都知道：童話有趣之處在於天馬行空的想像，哪來的「真相」可言？何況這位記者不是名門正派，而是狗仔隊！狗仔隊的角色設計是本篇之眼，頗能反映時事。我稍覺不安的是，林哲璋筆下的狗仔隊心存善念，與現實差距太大。話說回來，也只有在童話裡，狗仔隊才會如此可愛。

至於「打破沙鍋」、「守株待兔」、「畫蛇添足」、「加油添醋」等成語的堆砌，既道盡狗仔隊記者的心態，也讓人對林哲璋愛「掉書袋」的學者習慣印象深刻。

台灣童話界另一個喜歡引用成語的作家是楊隆吉，但他總是藉成語來胡扯瞎掰，十足無厘頭。林哲璋則是習慣性的掉書袋（或許他希望讀者順便學到一句成語），只偶爾「故意用錯」來博君一笑。不過，若從「顛覆經典」這點來看，林哲璋跟楊隆吉可說有志一同。擴大來說，「顛覆」、「改寫」是這個世代的童話特色，林哲璋當然在列。

3

林哲璋曾獲「九歌一〇〇年度童話獎」，該屆的年度主編傅林統讚賞林哲璋致力於創作零歲到八十八歲都能讀的「長壽童話」。這是精確的觀察，也突顯了林哲璋童話的某一面向。延續前文，林哲璋之所以創作「長壽童話」，奠基在他的學術信仰上──他相信兒童文學的讀者群涵蓋各年齡，包括「從前的小朋友」和「未來的成年人」。

在編選本書的過程中，我見識到林哲璋作品的廣度。有些童話家的童話僅適合某一年齡層（往往是小學中、高年級），但林哲璋的童話不是這樣。面對這樣的作品，選擇變得困難。「長壽童話」預期的讀者是零歲到八十八歲，但每個讀者都有特定年齡，誰的歲數是「零歲到八十八歲」呢？這一點，我相信林哲璋及所有企圖創作「長壽童話」的作者都曾反覆思考。

無論如何，這本選集是妥協的結果。未入選的作品，有的太短太直接，像寓言；有的又短又美，像首「散文詩」；也有的「說理味」稍重（「以童話來說理」並無不可，我認為「以童話來說理」也是林哲璋的特色之一）。林哲璋的創作面向很廣，本書無法盡納，但讀者不難找到他的其他作品。

林哲璋既創作又研究，這樣的作者，很適合拿來當作觀察現今台灣兒童文學發展的座標。他還年輕，路還很長，這本書將來只是他的「前期作品」而已。變色龍、狗仔隊與學者是目前林哲璋的幾種形象，但他日後還可能變身，身為讀者的我們不妨「走著瞧」吧！

閱讀思考、閱讀設計

鄧敦怜

一、動物班的第一堂課

提問

1. 小蛇、蜈蚣、猴子、小牛、刺蝟、豪豬、烏龜，分別怎樣自我介紹？這些介紹跟你認識的動物特性，有什麼異同？
2. 在故事中，哪些動物同學找到自己的「同桌好友」？這些「同桌好友」是因為什麼原因想坐在一起？
3. 班級的老師有什麼特色？
4. 老師的特色跟同學之前對話有什麼關聯？
5. 這是動物班的第一堂課，你覺得他們之後上課時，教室裡會發生什麼事情？

閱讀活動

活動一：人物（角色）整理表

說明：1. 讀過故事後，對故事中的森林小學角色，一定有深刻的印象。請在下面的表格中，整理故事中的人物（角色）表，也可以在表格中，畫出角色的模樣。

動物	名字	特色
蛇	蛇捲捲	1.出生時身體縮得像一捲蚊香。 2.喜歡吐舌頭、扮鬼臉。 3.喜歡用身體捲東西、排數字。

活動二：尋找「同桌好友」

說明：1.讀一讀故事中的「同桌好友」有哪幾對？他們為什麼會選擇坐在一起？

2.發揮創意，找出「同桌好友」的新組合，再寫下原因（不一定要故事中出現的角色）。

同桌好友名單	原因
（　　）和（　　）	

二、童話狗仔隊

提問

1.狗仔隊的記者是誰？他曾出現在哪個童話裡？這次的專案計畫主題是什麼？

2.在記者調查中裡，灰姑娘為什麼能獨得青睞，深深吸引著王子？

3.記者潛入王子和灰姑娘的新房，聽到的對話內容是什麼？

4. 城堡裡的稅收都用到哪兒？為什麼大家都喊窮？
5. 灰姑娘幫城堡人民度過的第一個難關是什麼？
6. 人民糧食不夠，灰姑娘怎麼解決？
7. 灰姑娘怎麼協助城堡人民賺錢？
8. 灰姑娘親自打掃城堡，發現了幾棟衣物間，這是麼回事？後來怎麼處理？
9. 城堡居民安居樂業，為什麼還要抗議？抗議的內容是什麼？
10. 魔鏡王后問了什麼問題，讓她想找灰姑娘麻煩？結果呢？
11. 守門老先生提出了魔鏡王后和灰姑娘較量的建議，這個建議是什麼？後來的結果怎麼樣？
12. 在記者的調查中發現，灰姑娘為什麼一直叫灰姑娘，而不是王后的頭銜？
13. 記者帶著報導回總部，這篇報導的評價怎麼樣？記者的工作有什麼變動？為什麼？
14. 這位記者的身分，在故事最後說出了不一樣的內容，內容是什麼？
15. 記者最後工作有什麼變動？為什麼？
16. 故事裡有哪些你熟悉的故事或童話片段？找一找，說一說。

閱讀活動

活動一：採訪專案企劃

說明：1. 這篇故事是記者對總編輯提出「專案計畫」，才挖掘出灰姑娘的「真實樣貌」，假如你也是記者，你會提出怎樣的採訪專案企劃？參考記者提出的計畫，寫出你的專案企劃。

專案名稱：揭開灰姑娘的神祕面紗	
採訪對象	灰姑娘
採訪動機	灰姑娘嫁給王子，王子之後變成國王，灰姑娘變成王后，但她卻只留下了「灰姑娘」的名號，沒有被稱為「〇〇王妃」，這是為什麼呢？
預期內容	查出灰姑娘不為人知的祕辛，打破王子和公主一定過著幸福快樂日子的迷思。

三、狗仔隊2——狼又來了

提問

1. 記者這次的調查主題是什麼？為什麼想要調查？
2. 小牧童前兩次為什麼要騙大家？第三次發生什麼事情？結果呢？
3. 伊索老先生跟這個故事有什麼關係？
4. 伊索跟國王說哪個故事？國王聽完後，第一次的心得是什麼？
5. 國王之後對「狼來了」這個故事，有什麼新的想法？他決定怎麼實踐這個道理？
6. 伊索為什麼挨打？記者幫伊索做哪件事情？時光機在飛行途中出了差錯，他們來到哪個時空？
7. 記者與伊索第二站來到哪裡？他們參與了哪段歷史故事？
8. 「不笑的妃子」這個故事跟「只能騙二次」有什麼共通性？
9. 「不笑的妃子」故事中，白髮老先生為什麼追著諸侯？他的話語讓伊索有什麼靈感？

10. 記者與伊索再次回到原本的時空，為什麼要弄清楚「羊是誰的」這個問題？
11. 「羊是誰的」這個問題，讓國王領悟到什麼道理？之後修正哪些決定？
12. 故事中，怎麼解釋「褒姒喜歡絲綢布聲」的歷史故事？
13. 記者回辦公室之後，總編輯滿意他的作品嗎？
14. 這趟採訪，記者學會哪些修正自己的方法？他怎麼做的？

閱讀活動

活動一：故事探源

說明：1. 先找出這個故事中，包含幾個故事，並寫下來。
2. 查書本或網路，找出故事真正的內容。
3. 說一說作者保留原本故事的哪些內容，改變了哪些內容。

活動二：故事新解

說明：1. 讀一讀故事中關於「褒姒喜歡絲綢布聲」的解釋，說說你覺得合理不合理。
2. 參考作者的思維，找出三個（或三個以上）的故事，提出故事新解。例如：
龜兔賽跑↓兔子和烏龜是好朋友，兔子聽說烏龜假如輸了會挨罵，決定假裝睡覺。

四、國王與史官

提問

1. 這個故事是從哪個童話故事變化出來的？你從哪些內容確定自己的答案？
2. 國王派誰出去查看衣服製作進度？結果如何？國王穿衣服遊行，人們的反應如何？為什麼大家都上了裁縫師的當？
3. 史官給國王怎樣的建議？為什麼？
4. 國王滿意史官的建議嗎？為什麼？
5. 按照這個故事的內容，國王是怎樣的人？

閱讀活動

活動一：相聲小劇場

說明：1. 讀一讀故事中，史官跟國王對話的段落。

2. 用雙人相聲的方式，一搭一唱，表現這一段的內容。

五、大氣的小氣鬼

提問

1. 小氣鬼是誰？他喜歡這個綽號嗎？為什麼？
2. 牛頭、馬面為什麼抱怨？小氣鬼怎麼答辯？

3.貪心鬼有什麼要求?小氣鬼如何應對?
4.閻羅王聽聞小氣鬼的做事方式,有什麼回應?
5.讀完故事,你覺得小氣鬼的小氣是必要的嗎?說說你的想法。

閱讀活動

活動一:小氣鬼開講

說明:

1.讀一讀故事中,小氣鬼與牛頭馬面、貪心鬼的對話,想一想小氣鬼說了什麼道理。
2.假如你是故事中的「小氣鬼」,遇到下面的請求,會說出什麼樣的道理?
①懶惰鬼——事情沒做完,希望能通融。
②頑皮鬼——頑皮造成別人困擾,卻不覺得有什麼關係。

六、白目變色龍

提問

1.白目龍不能變出正確的顏色,曾發生哪些出糗的事情?
2.食指貓為什麼流落街頭?你能想像牠發生了什麼事情嗎?
3.吐舌狗怎麼解釋發生在食指貓身上的事情?你覺得合理嗎?
4.吐舌狗教會大家活用身上的哪個部分?怎麼運用?
5.織網蛛跟吐舌狗有怎樣的對話?後來發生什麼事情?

6. 結繭蠶送給白目龍什麼東西當禮物？這東西發揮怎樣的效果？

7. 孔雀頭目告別式上，白目龍怎麼運用朋友教會他的技能？結果怎麼樣？

8. 為什麼告別式之後，動物們改叫白目龍為青眼龍？

9. 夜間狩獵時，青眼龍怎麼幫助朋友？

10. 故事最後，青眼龍的感想是什麼？你覺得他說得有沒有道理？作者想表達的是什麼意思？

閱讀活動

活動一：新朋友命名

說明：1. 故事中的角色白目龍、食指貓、吐舌狗、織網蛛、結繭蠶、青眼龍……，命名的方式都跟角色特別的行動有關。根據這樣的命名方式，請你想出新的角色名字。

動物	名字	命名特點
貓	毛球貓	總是捲著睡覺，看起來像個毛球。

七、節日的故事

提問

1. 故事中提到幾個節日？這些節日都跟什麼有關？
2. 兒童節的爸爸媽媽為什麼會吵架？
3. 兒童節的父母要離婚，他用什麼方式讓爸媽轉變心意？

閱讀活動

活動一：節日製造機

說明：1.故事中的節日都與人物有關，除了這些人物，還有哪些人物或事物也能設立節日？參考例子，化身節日製造機，創造有趣的節日。

節日名稱	日期	設立目的／慶祝方式
便利商店節	七月十一日	感謝便利商店帶來的便利生活。當天每個人都要吃從便利商店買的餐點。

八、聲音流浪記

提問

1.嗚哇哇、哎哎哎，這兩個聲音為什麼流浪？

2.哎哎哎怎麼安慰嗚哇哇？你覺得他說得有沒有道理？最後結果怎麼樣？

3.嗚哇哇和哎哎哎決定搬到噪音多的地方，這個行動跟詩人王維有什麼關聯？

4.苦哈哈為什麼離開主人？他曾陪主人度過哪些難忘的時光？

5.哎哎哎建議大家在什麼時候回去看主人？為什麼選這種時間？

6.在故事中，主人為什麼會說夢話？

7.卜通通為什麼要離開主人？主人面對怎樣的困境？

8.在主人房間裡，被大家認為是鬼的，是什麼聲音？為什麼這種聲音也被主人趕走？

9.嚇嚇嚇為什麼得離開主人？主人發生了什麼事情？他來到聲音家庭是為了尋求什麼幫助？

11.聲音們在電梯裡，幫主人做了什麼事？這件事帶來什麼影響？

12.聲音們在醫院裡，如何幫助主人度過難關？

13.聲音違反聲音的天條，會有怎樣的下場？

閱讀活動

活動一：角色整理

說明：1.故事中出現很多的聲音，這些聲音怎麼來的？整理聲音角色的表單。

2.完成表單，再發揮想像，畫出聲音可能的樣子。

聲音名	來源	模樣
嗚哇哇	主人的哭聲	

活動二：接說故事

說明：1.故事中，原本被主人丟棄的聲音，回到主人身邊，就再也不能跟主人分離。這些聲音在之後會發生什麼故事？會怎樣跟主人相處？任選一種或數種聲音，接說故事。

2.參考：嗚哇哇——有一天，主人跌倒了，膝蓋破了一個大洞，流了很多血，主人痛得放聲大哭：「嗚哇哇——嗚哇哇——」宏亮的哭聲把大家從很遠的地方引過來了，看到這麼嚴重的傷口，大家都嚇了一大跳，趕緊把主人送到醫院去。

九、二手書店的布珂小姐

提問

1.布珂小姐是誰？她負責什麼工作？
2.布珂小姐的咒語怎麼念？會產生什麼效果？她怎麼會這句咒語？
3.布珂小姐巡視書架時，會有哪些事情發生？
4.布珂小姐怎麼來到這家店的？主人平時怎麼照顧她？
5.布珂小姐會什麼會做出這些神奇事情？說說你的想法。

閱讀活動

活動一：咒語設計

說明：1.讀一讀故事中，布珂小姐對書本說的咒語，想像布珂小姐如何對書本說話。
2.故事中的咒語是一句話，有神奇的功效。請為自己設計一句專屬的咒語，再註明這句咒語運用的時機。

咒語	運用時機、功效
如果好好照顧，一定會變得很可愛喲！	1.布珂小姐整理書籍時。 2.書本會變得乾淨、漂亮，就跟新的一樣。

十、調皮蛋

提問

1.美麗的小母雞平時常做些什麼事情？她的形象怎麼樣？
2.小母雞什麼時候會「忍不住」？「忍不住」的時候會發生什麼事情？
3.一開始，小母雞在選美穿怎樣的服裝？比賽時的表現怎麼樣？
4.頑皮蛋想在選美比賽怎麼將功贖罪？結果怎麼了？
5.比賽結果會是怎麼樣？說說你的想法。

閱讀活動

活動一：成語誤用

說明：1.讀一讀故事中，小雞們寫給小母雞的卡片，想一想這張卡片的成語錯在哪兒，為什麼讓小母雞又失控尖叫。

2.分組，找出適合的成語，先寫出成語正確的用法，再寫出成語錯誤卻能產生趣味聯想的用法。

成語（解釋）	正確用法	錯誤用法
秀色可餐（形容女子的姿色非常秀美。）	這位網紅美女長得漂亮，可說是秀色可餐，難怪有這麼多粉絲追蹤。	晚餐很豐富，真是秀色可餐。

十一、風獅爺與砲彈客

提問

1. 小學生跟風獅爺的祈求是什麼？請猜測到底風獅爺遇到怎樣的難題？
2. 砲彈客指的是什麼？他曾帶來怎樣的麻煩？風獅爺曾經如何懲罰砲彈客？效果如何？
3. 砲彈客如何展現改過自新的誠意？他們做了些什麼？
4. 貢糖星君、砲彈客、風獅爺三人，共同的目標是想讓這個島有怎樣的樣貌？
5. 在故事中，風獅爺從砲彈客的作為中，得到怎樣的啟示？他開始怎麼改變自己？結果呢？
6. 風獅爺的新造型是什麼模樣？有什麼作用？
7. 風獅爺的新作為，讓哪些人也來取經？他們打算怎麼做？

閱讀活動

活動一：過去與未來

說明：1. 故事中的角色，都有一段過去，也都能從過去的形象扭轉，重新找到定位。找到故事相關的段落，仔細讀一讀。

2. 整理角色「過去——現在」的形象，填在表格中，比較他們有什麼改變。

角色	過去的形象	新形象
風獅爺		
砲彈客		

貢糖星君		

活動二：舞台新角色

說明：1. 故事中的角色，都面臨轉型的問題，最後他們都懂得就自己的特點發揮、改變，於是變身舞台新角色。作者運用了擬人法，把事物化作人物，故事讀起來充滿想像。想一想，生活中還有哪些事物，目前造成我們的困擾？

2. 找出這些造成我們困擾的事物，想一想有哪些方法可以讓他們不再困擾我們，反而成為我們生活中的助力？賦予事物名字，並且寫出相關內容。

角色	造成的困擾	改變的方式
垃圾游擊隊	常被人亂丟棄，造成環境汙染，大家都討厭，垃圾游擊隊心裡非常難過。	改參加「垃圾和平大使」，學習怎樣分類出現，到各個不同的工廠，原本的垃圾化作資源，成為人們的新寵兒。

十二、善化的魔法阿嬤

提問

1. 阿嬤住在哪裡？她住家附近的環境是什麼模樣？
2. 「林府二元帥及三仙姑」是誰？
3. 妹妹暑假作業的研究報告是什麼？故事中妹妹紀錄了哪些內容？

4.阿嬤真的有魔法嗎？從故事中找出相關段落，說出你的想法。

5.從孫子、兒子、鄰居的口中，阿嬤讓人有怎樣的印象？從書中找到相關的描述說一說。

閱讀活動

活動一：魔法阿嬤真能幹

說明：1.這篇描述阿嬤的故事，你一定從故事中看到一個可愛的阿嬤形象。一邊讀故事，一邊記下這位魔法阿嬤讓人印象深刻的事情或話語。

2.在表格中紀錄頁數、事件或語言，以及你的點評。完成後與夥伴分享，也可以說說魔法阿嬤讓你想到誰？以及說一說原因。

頁數	阿嬤做的事情／說的話	我的點評／感想
136	阿嬤在菜園，聽到小孩聲音，仔細傾聽後知道小孫子要回來。	阿嬤耳朵真好，跟小孫子好像能心連心。

活動二：跟事物對話

說明：1.故事中阿嬤種菜時，會跟園裡的蔬菜說話、佛珠掉下來的時候，也會跟佛珠說話，找出這些段落讀一讀。

2.試著用阿嬤與事物對話的心情，找出身邊三個（或三個以上）的事物，記下狀況，以及你想跟它說的話。

事物	狀況	我想說的話
筷子	幫我夾住盤子裡熱呼呼的菜。	要夾起熱呼呼的菜，一定很辛苦吧？謝謝你們呀！

十三、螞蟻城堡的蜘蛛雕像

提問

1.微笑蜘蛛是一個怎樣的角色？他住在那兒？平時做些什麼事情？
2.微笑蜘蛛外出走走時，遇到誰？他們平時負責什麼事情？遇到怎樣的困境？微笑蜘蛛怎麼幫助他們？
3.螞蟻城堡在哪裡？是一個怎樣的地方？
4.城門口的螞蟻交通大阻塞是怎麼一回事？微笑蜘蛛怎麼幫忙？
5.微笑蜘蛛立了功，螞蟻王后想要獎勵他，他提出怎樣的要求？結果呢？
6.微笑蜘蛛為什麼昏倒？螞蟻們原本想怎麼幫忙？後來呢？
7.螞蟻城堡的高架道路長得像什麼？螞蟻們用怎樣的心情建築這座高架道路？從哪兒得到靈感？

閱讀活動

活動一：選角大聯想
說明：1.這篇故事的角色，都是小小的蟲子——蜘蛛、螞蟻，牠們一個化身高空彈跳高手、一個是高明的修路工人。作者有趣的聯想，是整個故事的靈魂。

2.參考作者的思維與創意，把常見的動物、昆蟲，賦予新的形象。

角色	原有特色	新角色
蜘蛛	會織網	高空彈跳者
狗	會看家	阿里巴巴山洞掌門人

活動二：故事創作——玩具大冒險

說明：1.故事中，微笑蜘蛛因為主人不在，於是爬出櫥窗到外頭冒險。他幫了螞蟻、成為螞蟻建造高架道路的靈感，作者的想像讓我們看到一個好看的故事。請拿一個你喜歡的玩具，以它為主角，讓玩具跟著想像去冒險。

2.參考冒險藍圖，規劃故事，跟夥伴一起說一說，完成故事。

（1）給玩具一個響亮的名號。

（2）玩具原本在哪兒？會去到哪些地方？

（3）會遇到哪些朋友？這些朋友有什麼特色？

（4）會遇到哪些事情？

十四、翅膀的夢想

提問

1. 故事主角的這對翅膀，有什麼特別的來歷？
2. 翅膀遇到老虎，他如何建議老虎？結果呢？
3. 翅膀在哪兒遇到蛋？蛋的名字是什麼？蛋有怎樣的夢想？
4. 蛋看到邱比特之後，有怎樣的感想？
5. 蛋原本怎麼說明自己對「旅行」的定義？翅膀明白蛋的旅行方式後，他怎麼幫助蛋？

閱讀活動

活動一：詞語新解

說明：1. 讀完故事後，你是否發現，作者把「孵出夢想」這個常用詞語，寫成這個有趣的故事。運用「動詞＋名詞」，找一找與「孵出夢想」同樣短語。

2. 將找到的短語，賦予詞語新解，再從詞語新解延伸出有趣的故事。

詞語	詞語新解
孵出夢想	「夢想」是一顆蛋，翅膀用溫暖孵著，等蛋孵出，夢想就會出現。
製造驚喜	「驚喜」是一種好吃的手工麵包，要放進許多材料：耐心、歡樂、祝福、等待……，經過機器的搓揉發酵等待烘培，「驚喜」就會出現。

童話狗仔隊：林哲璋童話

國家圖書館出版品預行編目（CIP）資料

童話狗仔隊：林哲璋童話 / 林哲璋著；九子圖. -- 增訂新版. -- 臺北市：九歌, 2019.07
面；　公分. -- (童話列車；14)
ISBN 978-986-450-249-3(平裝)
863.59　108008725

作　　者——林哲璋
繪　　者——九子
主　　編——徐錦成
執行編輯——鍾欣純
創 辦 人——蔡文甫
發 行 人——蔡澤玉
出　　版——九歌出版社有限公司
台北市 105 八德路 3 段 12 巷 57 弄 40 號
電話／02-25776564・傳真／02-25789205
郵政劃撥／0112295-1

九歌文學網　www.chiuko.com.tw

印　　刷——晨捷印製印刷股份有限公司
法律顧問——龍躍天律師・蕭雄淋律師・董安丹律師
初　　版——2014 年 5 月
增訂新版——2019 年 7 月
新版 3 印——2024 年 1 月
定　　價——320 元
書　　號——0173014
I S B N——978-986-450-249-3